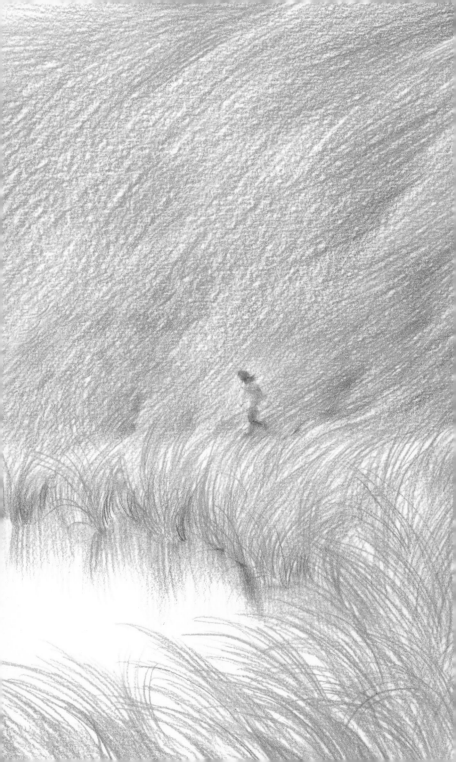

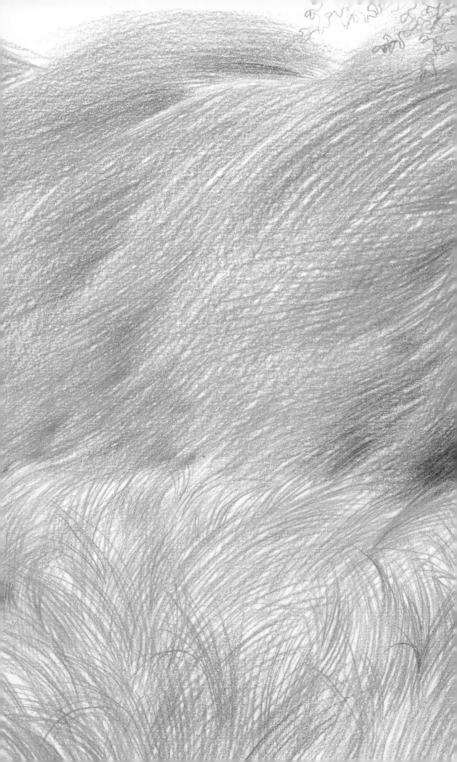

가끔은
숲속에

김영희 에세이

숨고 싶을
때가 있다

식물을 자세히 들여다보는 일

촌티가 좔좔 흐르는 아이가 글을 썼다. 시골에서 자라서 누릴 수 없는 것이 많았지만 그 덕에 남들은 누리지 못한 것을 누렸다. 우리 동네에서는 어떤 계절에 어디에 가면 어떤 꽃이 피어 있는지 다 알 수 있었다. 해마다 그 꽃을 보기 위해 같은 장소를 찾을 때면 늘 설레었다. 언제부터 그랬는지 정확히 기억나지는 않는다.

나는 서너 살쯤 냉이를 캐러 가던 엄마 등에 업혀서 처음으로 식물의 이름을 말하고 관심을 보였다고 한다. 다행히 그 시선은 어른이 되어서도 달라지지 않았고, 지금도 여전히 식물을 자세히 들여다보며 살고 있다.

열두 살 가을. 베어둔 벼를 잘 말리기 위해 뒤집다가 나를 올려다보는 하얀 꽃 한 송이를 만났다. 그 순간 심장이 쿵 논바닥으로 떨어지는 듯한 느낌을 받았다. 오직 그 꽃 한 송이만이 세상의 전부로 보였다. 꽃도 하나, 줄기도 하나, 잎도 하나인 그 꽃에 마음을 송두리째 빼앗겼다. 아직도 그때 그 느낌을 생생하게 기억한다. 몇 년이 지난 뒤에야 꽃의 이름이 '물매화[●]'라는 걸 알게 되었다. 그 이름을 내 별명으로 삼았고 그후로 오랫동안 나는 그 이름으로 불렸다. 어른이 된 후에도 지금껏 살면서 사람에게서 그런 느낌을 받은 적이 없다. 예쁘던 시절, 다른 누구도 나를 반하게 하지는 못했다.

화단에 화사하게 피었거나 꽃집에서 누군가에게 선택되기를 기다리는 꽃에는 별로 매력을 못 느낀다. 논두렁에, 묵은 밭에, 시골 길가에, 산기슭에 그리고 숲속에서 제멋대로 자라난 그런 꽃들에게 매력을 느낀다.

깽깽이풀*이 꽃 핀 걸 보려면 지난해 묵은잎 줄기가 땅바닥에 자빠진 모습도 보아야 하고, 주변 밤나무에서 떨어져 겨울 동안 너덜너덜해진 밤송이도 만나야 한다. 조팝나무와 쥐똥나무도 헤치고 지나야 하고 두꺼운 낙엽을 밟아서 미끄러지기도 해야 한다. 찾아가는 과정에 대한 애정도 함께 있어야 원하는 꽃을 만날 수 있다. 자세히 보지 않으면 존재도 모를 작은 꽃들을 만나기 위해서는 그 주변도 함께 눈에 담아야 한다.

이 글도 그렇다. 그들을 만나러 가는 길에서 만난, 어쩌면 불필요하다고 생각되는 잡다한 것에게도 따뜻한 시선을 보냈다. 꽃이 사는 풍경과 소소한 일상을 소재로 글을 썼다. 어떠한 제약도 없고 어떠한 권유도 없다. 그렇게 꽃에 반해 꽃을 사랑한 사람이 쓴 촌스러운 글이다.

2부 이상한 아이

3부 조금 느려도 괜찮아

4부 오늘도, 파릇

1부

이 숲에
뭘 하러
왔더라?

나물을 뜯다가,
꽃비를 맞았다

포도밭에서 일을 했다. 비닐을 땅바닥에 까는 일인데 별로 힘이 드는 일은 아니었다. 봄날에 다른 농사일도 많은데 굳이 이 작업을 먼저 하는 데에는 이유가 있다. 풀이 많이 자라는 것을 방지하는 동시에, 여름에 열매가 흙으로 더러워지는 것을 어느 정도 예방하려는 것이다. 포도가 한창 익을 때 비라도 오면 흙 묻은 빗방울이 포도에 다시 튀어올라 포도가 더러워지는 경우가 많기 때문이다. 요즘 포도밭에는 비가림막이 설치되어 있어 굳이 이 일을 하지 않아도 되는 곳이 더 많다.

철골을 세우고 비가림막을 하기 위해서는 밭이 평평하고 이랑이 쭉 곧아야 한다. 그러나 우리 동네는 산골이고 우리 밭

가끔은 숲속에 숨고 싶을 때가 있다

은 손바닥만 한 작은 포도밭이다. 단 하나의 이랑도 바르게 곧지 않았고 굴곡도 심했다. 그래서 규격화되고 깔끔한 비가림 막을 할 수가 없다. 그렇다보니 나무 윗부분에는 커튼처럼 비닐을 드리우고 땅바닥에는 비닐을 깔아둔다.

이 일은 혼자서는 도저히 할 수가 없고, 둘이서는 할 수는 있지만 너무 버겁고, 넷이서 하면 한 사람은 빈둥거리고 놀아야 하는 경우가 생긴다. 그래서 꼭 세 사람이 필요하다. 비가 내려도 못하고 바람이 많이 불어도 어렵다. 날씨가 좋은 날, 바람이 불더라도 가끔 살랑살랑 부는 정도라야 할 수 있는 일이다. 서두른다고 되는 일도 아니다. 그저 천천히 서로 손발을 맞추고 리듬을 맞추며 느리게 해야 한다. 많이 힘들지는 않은 일이다. 흙을 디디고 먼산에 한눈도 팔다가 봄바람에 가슴도 설레면서 그렇게 놀듯이 천천히 하면 된다.

천천히 해야 하는 일이라고 하여 전혀 고단하지 않다고 할 수는 없다. 노동이니만큼, 흙밭에서 일하는 원초적인 노동이니만큼 어찌 고단하지 않을 수 있겠는가. 그러나 몸이 고단할 뿐 마음은 한없이 평안하다. 어떤 걱정에 찌들지도 않고 복잡한 생각에 머리 쥐어뜯을 일도 없고 물론 마음 아픈 일 또한 전혀 생각나지 않는다.

일을 마치고 새참으로 생무를 먹었다. 작년 늦가을에 수확한 무는 계절이 바뀌는 동안 갓 수확할 때와는 맛이 조금 달라져 있었다. 육질도 그때만큼 단단하지 않고 수분도 줄어들었다. 그래도 그 맛은 일품이었다. 밭에 주저앉아 칼로 대충 껍질을 쓱쓱 벗겨버리고 깨물어 먹는 무의 맛은 먹어보지 않은 사람은 상상하기 어려울 것이다. 그 맛을 알려면 노동 후에 먹어보는 수밖에 없다.

일을 마친 뒤, 카메라를 들고 밭과 만나는 산언저리 골짜기 안쪽으로 잠시 들어가려는데 엄마가 부르셨다. 가는 참에 나물을 좀 뜯어오라시면서 무 깎아먹던 과도와 비닐봉지 하나를 건네주셨다. 비닐봉지로 과도를 돌돌 말아서 위험하지 않게 한 다음 주머니에 집어넣고, 일하던 옷 그대로 엉덩이에는 흙을 덕지덕지 묻힌 채 골짜기를 향해 걸었다. 길 양옆으로 있는, 폭이 점점 좁아지는 밭들 중에는 묵힌 밭도 더러 있었다. 그런 밭에는 지난해에 무성했다가 시들어버린 덤불들이 남아 있었다. 지난 초겨울에는 시든 덤불이라 할지라도 사람이 쉽게 접근하기 어려웠다. 미국가막사리나 도깨비바늘처럼 옷에 달라붙어서 잘 떨어지지 않는 씨앗들을 피해 다녀야 했기 때문이다. 그러나 겨울 동안 불었던 찬바람과 간간이 내린 눈으로 풀죽은 덤불들은 더이상 위협적이지 않았다.

조금 더 올라가니 사람이 만든 길은 끊어져 있었다. 지금부터는 동물들이 만들어둔 좁은 산길을 걸어야 한다. 아마도 멧돼지나 고라니가 다닌 길일 것이다. 산짐승들이 경작지에 내려와 먹이도 먹고 놀기도 하는 일이 흔했기 때문에 사람의 길과 동물의 길이 연결되는 것은 당연한 일이다. 이런 길에 대해서 나도 동물들도 이상해할 이유는 없었다. 아니나 다를까 산에 들어갔더니 고라니 한 마리가 내 발소리에 놀라서 도망쳤다. 요즘은 산에 혼자 가면 고라니를 거의 매번 본다. 궁둥이를 뒤로하고 도망하는 모습이 재미있다. 숲에서 포식자가 없는 고라니는 이 마을의 주민 수보다 더 많을 것 같았다.

카메라를 숲 가장자리 나무에 걸어두고 숲속으로 들어섰다. 사람의 마음이란 알 수가 없구나 싶었다. 나물을 뜯겠다는 목적이 있다보니 예쁜 꽃이고 뭐고 그런 것들은 별로 눈길을 끌지 못했다. 그저 '꽃이 피었구나' 하면서 눈길만 쓱 한번 주고는 서둘러 나물을 찾았다. 쌉싸래한 맛이 일품인 머위*도 올라왔고, 취나물의 일인자 참취*도 보였다. 미역취*도 순이 꽤 자랐고 털이 복슬복슬한 잔대*의 어린순도 먹을 만했다. 이중에서 머위에 제일 먼저 손이 갔다. 참취는 데쳐서 먹어도 좋지만 묵나물을 만들어 먹어도 된다. 미역취와 잔대 싹은 다른 나물들과 두루두루 섞어 먹어도 좋은 나물이다. 그러나 머위는 딱 머위로만 먹어야 제맛이다. 데쳐서 양념한 고추장에 살짝 무치면 그 맛이 일품이다. 한 접시라도 무쳐서 밥상에 올리려면 몇 잎 정도로는 어림도 없다.

한끼라도 먹기 위해 부지런히 머위 잎줄기 아래 흙속까지 야무지게도 잘랐다. 그 순간만은 나도 풀뿌리나 나뭇잎들을 뜯어먹는 고라니와 별반 다를 바가 없었다. 오로지 먹을거리를 찾아 헤맬 뿐이었다. 혼자 온 터라 서두를 일도 없으니, 느긋하게 가지고 온 비닐봉지에 한끼 먹기 좋을 정도만 뜯으면 되었다. 쪼그리고 앉아 나물을 뜯고 있노라니 봄바람이 내 옆을 스치고 지나갔다. 바람결에 분꽃나무 꽃향기가 묻어 있었다. 그제야 고개 들어 살펴보았다.

'이 숲에는 분꽃나무가 참 많지.'

연분홍 꽃을 온통 흐드러지게 피워내는 분꽃나무의 향내가 작은 골짜기에 가득차 있었다. 이 골짜기는 사람이 사는 집에 비유하자면 단칸 셋방살이쯤 될 만큼 작았다. 분꽃나무 몇 그루와 부드러운 봄바람 한줄기면 향기를 가득 채우고도 남을 만한 공간이었다. 그렇게 작아서 오히려 내 몸에 꼭 맞는 옷처럼 편하고 엄마의 치마폭처럼 아늑했다. 봄 햇살과 따뜻한 바람을 껴안은 골짜기는 다른 곳보다 더 따뜻하게 느껴졌다. 등이 따끈따끈했다. 위쪽에서 후다닥거리는 소리가 또 들리는 것을 보니, 아까 그 고라니가 혼자 놀고 있었던 것은 아니었구나 싶었다.

분꽃나무 향에 취해 나물을 뜯고 있는데 갑자기 하늘에서 꽃비가 내렸다. 살랑거리는 봄바람에 꽃잎들이 후드득 떨어지며 마구 꽃 매질을 해댔다. 머리고 어깨고 등이고 사정없이 때리는 꽃 매에 하던 일을 멈추고 올려다보았다. 작은 개울 건너 산벚나무에 꽃이 활짝 피어 있었다.

가끔은 숲속에 숨고 싶을 때가 있다

개울이라고 해봐야 물은 거의 없었다. 아주 작은 물줄기가 흘러내리다가 살짝 고여 돌다가 또다시 흐르고 있었다. 비가 와야만 흐르는 개울이라서 한동안 날씨가 좋으면 물이 없는 마른 개울이 되는 곳이었다. 그 작은 개울에 기대어 내가 먹을 머위가 나고 분꽃나무가 꽃을 피우고 산벚나무도 자라고 있었다. 좁은 골짜기가 길지 않았고 양옆으로는 작지만 급한 사면斜面이 있는데 그 사면 중간쯤에 산벚나무가 있었다. 나무는 경사가 급한 곳에서 비스듬히 기울어져 자라고 있었다. 가지들은 대부분 개울 쪽으로 뻗어 있었는데 골짜기를 다 뒤덮고 남을 만큼 하얀 꽃들이 소담스럽게 피어 있었다.

앞으로 질 일만 남은 꽃잎들이 바람 같지도 않은 가벼운 흔들림에도 나를 향해 날아 내려왔다. 꽃잎들은 머리 위에 내려앉기도 했고, 뺨을 스치고 무릎 위로 떨어지기도 했다. 맑은 하늘에서 떨어지는 꽃비를 가느다랗게 뜬 눈으로 올려다보았다. 잎이 다 자라지 않은 채로 꽃만 핀 나무는 햇살을 가리기엔 역부족이었다. 꽃그늘은 그 나무 아래에 자라는 작은 풀들의 일광욕을 방해하지 않았다. 그 옆에 앉은 나의 얼굴에 내리는 햇살도 막지 못했다. 하늘도 눈부시고 꽃잎도 눈부셔서 잠시 내 할일을 잊었다.

'내가 이 숲에 뭘 하러 왔더라?'

바람결에
꽃가루 날려서

"오늘 산에 간 사람들은 좋겠다. 산에 가기 딱 좋은 날이네."

친구들과 봄나들이 삼아 가벼운 산행을 계획했다가 못자리를 하신다는 부모님 말씀에 나들이를 포기하고 시골에 와 있는 터였다.

"오늘 같은 날은 산에 가기만 좋겠나? 일하기도 딱 좋은 날이다 아이가."

엄마의 지당하신 말씀에 더이상 대꾸할 재간이 없어 먼산만 바라보며 실없이 웃었다. 동네에 감도는 봄기운을 만끽하다 보니 어느새 못자리를 할 논에 도착했다. 이제 부지런히 일을 해야 했다.

못자리를 만드는 일은 사실 별로 어렵지 않다. 물론 어제 미리 준비를 해둔 덕분에 훨씬 수월해졌지만, 복잡하거나 까다로운 일은 아니다. 다만 같은 행동을 여러 번 반복해야 하고 무거운 모판을 들고 움직여야 하니 힘이 드는 것이다. 분업화된 대로 일하고 특별히 게으름만 피우지 않으면 그다지 오래 걸리지도 않을 것이다.

일의 순서는 이러하다. 먼저 엄마가 경운기에서 모판을 떼어내시고 나는 그걸 들고 좁은 논두렁을 걸어서 아버지에게 전달해야 한다. 모판을 받아든 아버지는 다시 무논을 걸어서 남동생에게 전달한다. 남동생은 미리 마련해놓은 못자리에 질서정연하게 나열만 하면 된다. 이다음에 모가 다 자라면 떼어내기 좋게 적당한 간격으로 줄을 지어서 말이다. 그런 다음 못자리를 비닐로 덮어주고 모판의 볍씨가 적당히 젖도록 물을 대어주면 오늘 할일은 마무리된다.

우리 가족은 농사일을 할 때 온 가족이 동원되는 일이 많았다. 못자리는 넷이서 충분히 할 수 있는 일이지만 다른 일을 할 때는 모두 손을 보태는 게 일상이었다. 그래서 어릴 때부터 우리는 할 수 있는 일이 있으면 거들면서 자랐다. 그렇다보니 우리 가족이 들에서 일을 할 때면 꽤 소란스러웠다. 소리 없이 묵묵하게 입다물고 그렇게 일하지 않았다. 무슨 이야긴지 끝도 없이 해댔다. 오늘의 이야기는 아버지께서 꺼내셨다.

수십여 년 전 이맘때쯤 아주 재미난 일이 있었다고 한다. 물론 나는 너무 어려서 기억도 나지 않고 동생들은 세상에 태어나지도 않은 때였다. 그날도 이렇게 오늘처럼 날씨가 좋았을 것이다. 우리 부모님에겐 예쁜 딸 하나가 있었다. 늦게 결혼하시어 얻은 자식이라서 아버지께서 그 딸을 무지 예뻐하셨다.

오늘 같은 어느 봄날 이른 아침, 아버지께선 못자리를 하기 위해 물을 대어놓은 논에 밤새 물이 얼마나 찼는지 살펴보러 가셨단다. 첫돌이 지나고 몇 개월이 더 지났지만, 태어날 때부터 몸이 약해 유난히 성장 발육이 늦은 딸아이는 겨우 혼자 설 수 있는 정도였다고 한다. 그런 아이가 보채는 바람에 아버지는 할 수 없이 아기를 안고 집을 나섰단다. 한참을 걸어서 논에 도착했고 길 가까운 논두렁에 딸아이를 세워두고는, 논 저쪽 끝에 있는 물꼬를 트기 위해 논두렁을 걸어가셨다.

어른 키 높이보다 한참이나 더 높은 다랑논 두렁을 굽이굽이 걸어가서, 물꼬를 살피고는 되돌아나오려고 보니 논두렁 끝에 있어야 할 아이가 사라져버렸다. 깜짝 놀라 뛰어와보니 딸아이는 아래의 논바닥에 떨어져 있었다. 제 키보다 너덧 배나 높은 높이였는데, 떨어져서는 울지도 않고 차가운 무논에서 철벅거리고 앉아 있었다고 했다. 아버지는 진흙탕이 된 아이의 옷을 벗기고 자신의 겉옷을 벗어서 아이를 돌돌 싸안고 집으로 오셨다. 그 아이가 자라서 이제는 그때의 아빠보다 한참이나 나이를 더 먹었다.

못자리는 매일같이 하는 농사일이 아닌 터라 한참 일하고
나니 허리가 아팠다. 모판을 들고 좁은 논두렁을 긴장하면서
왔다갔다하기를 여러 번 반복했으니 허리가 아픈 것도 무리
는 아니었다. 등을 두들기면서 허리를 쭉 펴는데 나도 모르게
엄살이 튀어나왔다.

"아이고 허리야."

그런데 뒤이어 들리는 엄마의 말에 우리는 모두 논바닥에
주저앉을 뻔했다.

"생감이 달랑달랑 카이 홍시가 할말이 없네."

재치 있는 엄마의 말에 동시에 큰 웃음이 터졌다. 갑작스러
운 웃음소리에 산새들이 놀라서 푸드덕거리며 하늘로 날아올
랐다. 좀처럼 웃음을 멈출 수 없었고 급기야 배꼽을 틀어쥐며
비틀거렸다. 그렇게 웃은 덕분에 좀 쉴 수 있었고, 허리의 통증
은 싹 달아나버렸다.

신나게 일을 마치고 점심 무렵에 엄마와 딸은 무지개 샘에
용이 살았다는 전설이 있는 산에 올랐다. 숲에 들어서니 졸참
나무*를 비롯하여 굴참나무*, 상수리나무*의 꽃가루가 날리
고 송홧가루까지 합세하여 온통 꽃가루 천지였다. 소나무 아
래는 은대난초*가 수도 없이 많이 자라고 있었고 간간이 금난
초*도 노란 꽃봉오리를 내보이고 있었다. 옥녀꽃대*는 작은 군
집을 이루며 사는데, 피할 수도 없을 만큼 많아서 발에 밟힐
지경이었다. 벼는 이제 겨우 싹을 틔웠을 뿐인데 옥녀꽃대는

열매가 영글어가는 녀석들도 있었다.

이 동네에서는 옥녀꽃대를 '놋저까치나물'이라고 부르며 어린순을 나물로 먹었다고 한다. 여기서 '놋저까치'란 '놋젓가락'의 경상도 사투리다. 수술대가 길게 젓가락처럼 생겨서 붙여진 이름일 것이다. 엄마 말씀에 따르면, 없던 시절엔 세 끼니를 해결하기 위해 그저 독이 없고 먹어서 죽지만 않으면 뭐든 먹었고 이젠 이런 나물은 먹지도 않는다고 하셨다.

어느 양지바른 곳에 자리한 좀꿩의다리*는 키가 그새 높이 자라 있었다. 이것도 예전엔 나물로 먹었는데 요즘은 이 동네에선 역시 아무도 먹지 않는다는 말을 잊지 않고 덧붙이셨다. 엄마는 이후에도 만나는 식물마다 '이건 먹는 거, 저건 못 먹는 거'를 반복하셨다. 어려운 시절을 살면서 산에 나는 식물들을 먹는 것과 못 먹는 것으로 나누는 것은 아주 기본이었을 것이다.

집에 돌아오니 벌써 늦은 오후가 되었다. 점심도 거르고 산에서 시루떡 한 조각으로 배를 채웠더니 출출했다. 뭐 좀 먹자 하시며 집에 들어서던 엄마가 혀를 끌끌 차며 말씀하셨다.

"에헤이, 창문 닫아놓고 나가야 되는 긴데 또 깜빡하고 다 열어놓고 나갔다와뿟네."

이렇게 좋은 날씨에 창문을 열어놓으면 환기도 되고 좋을 텐데 엄마의 반응이 의외였다.

"왜 창문을 닫아놔야 되는데요?"

"이맘때만 되면 천지로 꽃가루가 날리가 걸레질을 하며 걸레가 노랗다 아이가. 정지(부엌) 바닥이고 방바닥이고 할 거 없이 말이데이. 그러니 창문을 닫고 갔다 와야 되는 긴데 오늘도 열어놔뿟네."

어느새 산그늘이 내리고 눈이 시릴 만큼 푸르기만 하던 산들에 어둠이 내리기 시작했다. 멀지 않은 곳에서 소쩍새가 울었다. 소쩍새만이 아니었다. 귀신이 부는 휘파람 소리를 닮은 호랑지빠귀 소리도 들렸고, 어디선가 개구리도 개굴개굴거렸다. 그 개구리 소리를 두고 엄마는 청개구리 소리 같다고 하셨다. 나로서는 청개구리인지 참개구리인지 구분할 수가 없지만, 엄마가 그렇다 하시니 아마도 틀리지 않을 것이다. 이제 잠자리에 들려는지 가끔 꿩꿩거리는 소리를 내기도 하고 비둘기도 구구거렸다.

봄날 농촌의 하루가 참 알찼다. 숲속의 나무들도 꽃가루를 날리느라 분주했을 것이고, 그 아래 키 작은 꽃들도 게으름을 피울 수 없는 하루였을 것이다. 저녁나절에 우는 산새들은 낮동안 여유로운 시간을 보냈을지 모르지만 어떤 존재들은 지금부터 바빠질 터였다.

제대로 핀 꽃에서
향기가 난다

산엘 가려다 가지 못했다. 늦잠을 잤기 때문이다. 굳이 핑계를 대자면 오밤중에 전화해서 수다 떠는 친구가 있어서 제 시간에 잠들지 못했다는 것이 더 맞겠다. 일어났을 때는 이미 마음을 먹고 어딘가로 가기에는 애매한 시간이 되어버렸다. 그래서 햇볕 좋은 시간에 맞춰 뒷산인 성암산에 다녀왔다.

뒷산은 이스라지*가 꽃을 피우려 하고 있었다. 키가 아주 작은 나무에 속하는 이스라지는 이 지역에서 종종 눈에 띄는 참 예쁜 나무이다. 키는 사람 무릎 높이이거나 크다 해도 허리춤까지도 미치지 못한다. 그보다 키가 큰 이스라지는 거의 보지 못했다.

산 초입에는 작은 계곡이 하나 흐르는데 그 주변으로 현호색[*]이 아주 한창이었다. 맑은 가을 하늘빛보다 더 고운 자태를 모른 척하고 지나가기가 어려웠다. 특히 현호색에서는 아주 연하긴 하지만 향기가 난다. 그 향기를 알기에 발걸음을 멈추지 않을 수가 없었다.

현호색의 향기는 갈퀴현호색[*]에 비할 바는 못 되지만 아주 은은하면서 달콤하다. 갈퀴현호색은 꽃이 피면 곁을 지나간 바짓가랑이가 향기로 물들고, 남은 자투리 향기들도 스멀스멀 올라와서 코에까지 다다른다. 구태여 허리를 숙이고 코를 들이대지 않아도 향기가 느껴질 정도다.

현호색은 향기가 나지 않는 경우들도 많다. 이유가 궁금해서 성암산에 핀 현호색이란 현호색에는 다 허리를 구부리며 코를 들이댄 적이 있었다. 그 결과, 향기가 나는 꽃들과 나지 않는 꽃들의 차이를 알 수 있었다. 향기가 나는 녀석들은 피어날 대로 피어난 꽃들이었다. 현호색은 하나의 꽃대에 여러 개의 꽃이 모여 달린다. 그 꽃들 중에 아래쪽 일부가 시들기 시작했거나, 또는 위쪽 일부가 아직 피지 않은 꽃들은 거의 향기가 느껴지지 않았다. 모든 꽃들이 가릴 것 없이 활짝 피어난 녀석들만 향기가 아주 은은하게 난다. 꽃대의 모든 꽃들이 힘주어 향을 내뿜고 있는 셈이다. 단언컨대, 그 향기와 아름다움에 반할 만하다.

가끔은 숲속에 숨고 싶을 때가 있다

산괴불주머니*도 꽃을 피웠는데 꼭 금빛 도깨비방망이 같았다. 비목나무도 곧 꽃을 피울 것 같았다. 양지바른 곳에 살고 있는 나무는 잎눈과 꽃눈이 다 터져서 이제 꽃잎만 벌어지면 되겠구나 싶었다. 꽃이 피면 또 그 향내에 취할 것이다. 그리고 현호색과 섞여서 한창 피어 있는 남산제비꽃*도 참 좋았다. 남산제비꽃에서도 향기가 나는데 표현하자면, 달콤하면서도 또 덜큰한 향기라고 해야 할까. 가을날에 서리가 내려 잎과 줄기는 다 시들어버리고 근근이 달린 큰 늙은호박을 따다가, 부엌칼로 푹 쑤셔서 쪼개면 주위에 확 퍼지는 그 냄새, 꼭 그 냄새 같다. 사진을 즐겨 찍는 나로서는 꿇어앉아 사진을 찍은 뒤, 이왕 자세를 잡은 김에 카메라만 치우고 그 자리에 그대로 앉아서 코를 한번 들이댄다. 또다른 신비한 세상이 그 속에 있기 때문이다.

산자고*도 한창 꽃을 피우고 있었는데, 참 재미있게 생겼다. 꽃잎이 여섯 장인데 세 장은 안쪽에 자리잡고 있고 또 세 장은 바깥쪽으로 자리잡고 있다. 수술은 여섯 개인데 살펴본 바에 따르면, 그 여섯 개의 수술이 동시에 다 꽃가루가 묻어 있지는 않았다. 어떤 녀석은 하나만 묻어 있고 어떤 녀석은 세 개에 묻어 있었다. 꽃가루받이 할 수 있는 시간을 늘리기 위해서 여섯 개의 꽃밥이 시간 차를 두고 터지는 것이다. 가장자리가 부드러운 삼각뿔 모양의 암술 끝에 구멍이 있다는 것을 아는 사람이 몇이나 될까. 세 개의 구멍이 있는데 그 구멍도 어떤 꽃은 닫혀 있기도 하고 어떤 꽃은 열려 있기도 했다. 그래서 그냥 이렇게 생각하기로 했다. 암술머리가 닫혀 있는 경우는 꽃가루받이를 끝낸 꽃이거나 아니면 아직 꽃가루를 받을 준비가 안 됐을 것이라고. 암술머리가 열려 있는 경우는 꽃가루를 받을 준비가 완료되었고, 꽃가루를 줄 준비도 된 꽃이 아닐까 하고. 왜 그런 생각을 했냐면, 암술머리가 열려 있는 꽃이 꽃 상태도 제일 좋았고 싱싱했으며 수술도 여섯 개 중 세 개 이상이 꽃가루를 잔뜩 묻히고 있었기 때문이다.

생강나무는 지금 꽃이 거의 져가고 잎이 돋아나기 시작하고 있었다. 잎이 나는 모양새가 참 예뻤다. 멀리서 보면 인어의 비늘조각이 나무에 걸려서 빛이 나는 것 같았다. 인어의 비늘 조각이 왜 산에 와 있는지는 모르겠지만 어쨌든 생강나무의 잎눈이 부푸는 모습은 딱 그 모습으로 보였다. 가까이 가서 그림자가 지지 않게 방향을 잡고 서서 잎사귀가 나는 모양을 살펴보면, 털이 잔뜩 있는데 그 털 덕분에 은빛도 금빛도 아닌 아주 묘한 빛깔을 내며 반짝이고 있었다. 때죽나무도 한창 손톱만 한 크기로 잎을 내밀고 있는데 새순에는 털이 없는 듯 했다. 털이 없으면 없는 대로 또 봄볕을 받아 반짝이고 있었다. 털이 있으나 없으나 보석같이 빛나긴 다 매한가지라는 생각이 들었다.

땅속에 오랫동안 묻혀 있던 돌이 아름다운 빛깔을 가지고, 인간에게 발견되어 보석으로서 그 가치를 인정받는다. 그러나 한철 아름답게 피었다가 지고, 또 그다음 해에도 변함없이 피고 지는 꽃과 잎사귀들도 그런 보석들 못지않게 찬란한 빛을 발할 줄 한다. 그 빛은 자연광인 햇살의 위치와 강도에 따라 다 다른 모양으로 반짝인다. 그 아름다움을 제대로 감상하기 위해서는, 여린 꽃들이나 어린 나뭇잎 앞에서 시간이 흐르는 대로 기다리며 계속 지켜봐야 한다. 나는 오늘도 그 시간을 즐기며 숲을 배회한다. 오늘은 시속 몇 미터나 걸을 수 있을까? 100미터? 200미터? 추측건대 하루종일 걷는다 해도 이 골짜기를 벗어나기 힘들 것이다.

꽃을 선물하는
즐거움

우리나라의 가요 중에 〈백만 송이 장미〉라는 노래가 있다. 이 노래는 라트비아의 가요에 러시아어 가사를 붙여 불리던 음악에 우리나라 정서에 맞는 가사를 다시 붙여서 부른 노래라고 한다. 러시아어 가사의 내용은 이렇다고 한다. 어느 화가가 아름다운 여인을 사랑했고, 그녀를 너무나 사랑한 나머지 자기의 전 재산인 집과 캔버스를 팔아, 그 돈으로 여인의 방 창가에서 내려다보이는 광장에 백만 송이 장미를 가득 채워주고 화가 자신은 아주 가난하게 살았다는 이야기.

나는 문득 장미 백만 송이를 사려면 과연 돈이 얼마나 들까 궁금해졌다. 꽃 한 송이를 천 원으로 가정하고 백만 송이의 가

가끔은 숲속에 숨고 싶을 때가 있다

격을 계산했더니 자그마치 십억이었다. 십억. 단 일억도 제대로 만져본 적이 없는 나는 감히 상상하기 힘든 금액이다.

수년 전 자연 탐사를 하며 러시아 동부 캄차카를 여행할 때 '에소'라는 작은 마을에 들른 적이 있다. 그 마을 가장 부유한 댁에서 하룻밤 신세를 졌다. 다른 집들에 비하면 저택 수준이었다. 앞마당은 작은 운동장만큼 넓었고 그 마당 한쪽에는 큰 자작나무가 여러 그루 자라고 있었다. 나와 일행들은 그 자작나무 아래에 텐트를 치고 야영을 했다.

'커다란 자작나무가 있는 마당이라……'

한 번도 상상해보지 못한 그런 집이었다. 잠은 밖에서 잤지만 화장실은 실내에 있어서 화장실을 이용하려면 집 안으로 들어가야만 했다. 화장실에 가기 위해 들어간 집 안에는 세탁기 등 우리나라 브랜드 가전제품들이 여럿 보였다. 마당 한쪽에는 사우나와 온실도 있었다. 온실의 특이한 점은, 반지하 온실이라는 것이었다. 마당을 깊이 파서 갖가지 채소와 포도, 토마토 등을 심고 그 위를 비닐로 덮어서, 내려다볼 수 있는 구조로 되어 있었다.

그 집 마당에서 호사스러운 야영을 마치고 다음날 아침에 우리는 마을 여기저기를 산책했다. 가벼운 아침 산책을 마치고 그 집을 떠날 준비를 하고 있을 때, 그 댁 안주인이 직접 기른 글라디올러스 몇 송이를 잘라 왔다. 그리고 꽃을 우리에게 선물했다. 벌써 수일째 낯선 곳을 여행중이던 우리의 몰골은 꽃과 전혀 어울리지 않았다. 제대로 씻지도 못해서 얼굴은 꾀죄죄했고, 여기저기 짐이 바리바리 많아서 꽃을 들고 다닐 손도 부족할 지경이었다. 솔직히 그때 우리에게 꽃이란 것은 참으로 당황스러운 선물이었다. 그러나 러시아에서는 꽃을 가장 훌륭한 선물로 여겨서, 빵 살 돈은 없어도 꽃 살 돈은 들고 다닌다고 할 만큼 꽃을 선호한다고 한다. 연인들 사이에서 하는 꽃 선물은 특히 그렇다고 한다. 러시아의 장미 값은 꽤 비싼 편이라 연인의 생일에 장미 백 송이를 선물하기 위해서는 몇 달 동안 돈을 모아야 할 정도라고 하니까. 꽃 선물을 가장 기쁘게 여기는 그 나라 사람들은 꽃을 선물하기 위해서 기꺼이 밥을 굶기도 한다고 들었다. 그런 나라에서 우리는 아침에 갓 꺾은 아주 싱싱한 글라디올러스를 선물 받았다. 그날은 싱그러운 꽃만큼이나 날씨도 참 좋았다. 분홍색 꽃이 줄줄이 핀 글라디올러스를 받아들고 우리는 그 집을 나왔다. 여행을 다니면서 꽃을 선물로 받은 것은 그때가 처음이자 마지막이었다.

우리나라에서 꽃 선물은 어떤가. 굳이 장미 백만 송이를 선물할 일도 없거니와, 장미 한 다발을 선물하기 위해서 끼니를 걸러가며 몇 달 동안 저축할 필요도 없다. 어떻게 보면 요즘은

가끔은 숲속에 숨고 싶을 때가 있다

점점 더 꽃 선물에 인색해진 것 같기도 하다. 나부터도 그렇다. 예전에는 꽃을 선물 받는 일도 종종 있었고 선물하는 일도 종종 있었다. 오래전 회사를 다닐 때 나는 다른 사람을 즐겁게 해주고 그 모습을 보는 것을 즐거워했다.

어느 날에는 다른 날보다 이른 출근길에 꽃집에 들러서 직원들 수만큼 장미를 산 적도 있었다. 직원들 책상마다 장미 한 송이를 놓아두고서 놀라는 직원들을 보며 혼자 미소 지었다. 장미를 손에 들고 "도대체 누구지? 혹시 너냐?"고 서로 물으면서 범인을 추측하는 모습을 즐겼다. 옆자리에서 근무하는 선배 언니를 위해 꽃다발을 배달시킨 적도 있었다. 고운 장미꽃 열아홉 송이였던 것으로 기억한다. 꽃과 함께 작은 카드에 메모도 남겼다.

— 앞으로 19일 안에 당신에게 행운이 있을 것입니다.

그러고는 그 일을 까맣게 잊어버리고 있었다.

어느 날 선배가 약간은 아쉬운 듯한 투로 말했다.

"오늘이 19일째 되는 날인데."

"네?"

무슨 말인지 몰라서 되물었다.

"그때 그 꽃다발 말이야. 거기 카드에 19일 안에 행운이 있을 거라고 했거든. 근데 오늘이 마지막날인데 그동안 아무 일도 안 생겼어."

"그래도 19일 동안 행운을 기다리면서 설레고 기분좋았잖아요. 그게 행운 아닐까요?"

시치미를 뚝 떼고 그렇게 대꾸했다.

"맞네. 그러네" 하면서 선배는 웃었다.

그런 일이 있고서 또다시 시간이 흘렀고 선배는 결혼을 앞두게 되었다. 지나간 추억들을 정리하다가 그때 그 메모를 발견하게 된 모양이었다.

"그 쪽지 말이야. 누구였을까?"

예비 남편에게 실례가 될 수 있는 추억들은 정리를 하려는 것 같았다. 그런데 그 쪽지와 꽃을 준 사람이 누구인지 모르니 망설여지는 모양이었다. 그래서 하는 수 없이 이실직고했다.

"그게 사실은요. 제가 보낸 거예요."

"진짜? 네가 한 거였어?"

선배는 아주 반가운 듯 활짝 웃었다.

최근 십수 년 동안은 꽃을 선물한 기억이 전혀 없다. 그러나 지금에라도 꽃 선물을 하고 싶다면, 그 꽃이 굳이 장미가 아니어도 좋다면 다른 방법이 있다는 것을 안다. 각시현호색◆ 백만 송이를 선물하기 위해선 이른봄 천마산으로 가면 되고, 천마산에서 때를 놓치면 광덕산을 찾으면 된다. 나도바람꽃◆ 백만 송이를 선물하기 위해서는 보현산을 찾으면 되고, 얼레지◆를 선물하려면 태백산 유일사에서 문수봉까지 걷기만 하면 된다. 하얀 조팝나무*는 한적한 시골 어디에서나 산과 맞닿은 곳이면 쉽게 만날 수 있다. 꼭 장미를 선물하고 싶다면 올림픽 공원을 찾으면 된다.

화려한 색색 가지 장미만 장미인가. 우리나라의 바닷가에 피는 해당화*도 장미에 속하고, 강원도의 높고 깊은 산에서 귀하게 만날 수 있는 인가목*도 장미에 속한다. 시골 길가나 산기슭에 피는 하얀 찔레*도 장미 종류의 하나다. 찔레꽃 백만 송이를 선물하기 위해서는 내가 태어나고 자란, 그리고 아직 우리 부모님이 계시는 그 마을로 봄 맞으러 가면 된다. 누군가 귀히 여겨주지 않아도 찔레는 항상 그 계절만 되면 꽃을 피우기 때문이다. 백만 송이도 넘을 만큼 찔레꽃이 하얗게 피면, 그 동네는 천지가 꽃향기로 가득해진다.

"엄마, 이 동네는 봄이면 향기가 얼마나 좋은지 알아요? 요즘은 찔레꽃이 만발해서 천지로 장미 향이 가득하네."

"그러나? 나는 모리겠는데?"

"엄마는 왜 모르지? 이렇게 향기가 좋은데."

"나야 맨날 맡으니까 그렇겠지 뭐. 흠흠, 흠흠. 아무 냄새도 안 나는데?"

꽃향기를 당연하게 누릴 수 있는 곳에서 어린 시절을 보낸 것은 아주 귀한 행운이었다. 그 향기를 기억하는 것 또한 그렇다. 그 향기가 그리워질 때면 찾아갈 곳이 있다는 것은 그 무엇과도 바꿀 수 없는 행복이다.

봄이 되어 찔레꽃 백만 송이가 피어날 때 그 향기에 취하러 나는 또 그곳으로 갈 것이다. 이제 나는 꽃다발을 선물하는 일에는 인색해졌을지 몰라도 다른 방법으로 꽃을 선물하고 선물 받고 산다.

열매가 열리는
나무는 따로 있다

날이 따스했다. 이곳은 과일 농사를 주로 짓는 마을이라서 따뜻한 봄이면 사방에 꽃이 많이 핀다. 가장 먼저 대추밭 가장자리나 복숭아밭 가장자리에 한 그루쯤 심어진 매실나무®에 꿀벌이 단체로 날아들고, 인가 주변이나 묵밭 언저리에 간간이 눈에 띄는 살구나무®에도 꽃이 하얗게 피어난다. 뒤를 이어 마을에서 가장 많이 재배하는 복숭아나무의 꽃이 만발하는 계절이 왔다. 마을 앞이며, 매봉산 언저리며 눈 가는 곳마다 분홍색 복숭아꽃®이 한창이었다. 더불어 꿀벌도 함께 바빠지고 온 동네는 복숭아꽃 향기로 가득해져간다.

가끔은 숲속에 숨고 싶을 때가 있다

마을 가운데에 있는 우리 복숭아밭에도 꽃이 한창 피었다. 이쯤 되었을 때 날씨가 추워지면 상당히 곤란해진다. 꽃이 피기 전의 추위는 그나마 다행이지만 꽃이 만개했을 때의 추위는 곧 냉해로 이어진다. 꽃이 피기 전에는 꽃잎들이 씨방을 보호하는 역할을 하기 때문에 냉해를 어느 정도 피해 갈 수 있다. 그러나 꽃이 핀 후에 날씨가 추워져서 냉해를 입으면 씨방이 망가지거나 상처가 나게 되고 그 상처는 흔적으로 남는다. 그런 흔적을 가진 과일은 다 자라도 상품 가치가 떨어지기 때문에, 농사꾼들도 꽃 피는 시절에 예고 없이 닥치는 추위를 무서워하고 걱정한다.

과수에 피어나는 화사하고 향기로운 꽃들에 가려져서 존재를 인식하기 힘든 꽃들도 많다. 봄 숲에서 이미 올괴불나무●는 꽃이 지고 생강나무도 꽃이 졌을 것이다. 이들처럼 분홍색 꽃이나 노란색 꽃들은 그나마 존재감이 드러난다. 그러나 잎의 새순과 비슷한 색을 가진 키 작은 나무의 꽃들은, 거의 눈에 띄지도 않을뿐더러 굳이 찾아보지도 않는다. 그렇게 꽃으로서의 존재감이 별로 없는 나무 중에는 초피나무●가 있다.

절대로 다시 추워지는 일은 없을 것 같은 아주 따사로운 햇살이 가득한 날에 아버지를 따라 복숭아밭에 갔다. 우리 밭은 마을 가운데에 있어서 주변에 인가가 몇 채 있는데 그중 한 집은 몇 해 전에 새로 집을 지어 시골살이를 시작한 곳이다. 젊었을 적에 이 동네에서 살았던 분으로, 아버지와 아는 사이였다. 아버지를 비롯하여 우리 가족들은 넉살이 좋지 못해서 낯을 많이 가리는 편이다. 그렇다보니 전혀 안면이 없이 동네에 들어오는 사람들과 친해지기까지는 시간이 걸렸지만 그 집은 경우가 달랐다.

우리 밭 옆의 작은 개울만 건너면 바로 그 집 마당이었다. 사이에 있는 개울은 폭이 2미터도 채 안 되지만 밭과 마당을 경계 삼기에는 충분했다. 그 개울은 거의 말라 있을 때가 많았다. 비가 내리면 위쪽에서 흘러내려오는 물들이 개울을 타고 조금 아래쪽 웅덩이로 가서 모이게 되어 있다. 비록 말라 있는 시기가 훨씬 길긴 하지만, 명색이 개울이라서 물봉선*도 자라고 고마리*도 자란다. 봄에는 무성하지 않지만 여름이 되면 꽤 무성해진다. 작년에도 그랬고 재작년에도 그랬으니 올해도 그럴 것 같다.

마른 개울 건너 마당에는 나무가 몇 그루 심겨 있었다. 마당 저쪽 울타리에는 덩굴장미*도 있고 또다른 쪽 한편에는 감나무*도 있었다. 그리고 개울 쪽 마당 가장자리에 키가 작고 여린 나무가 몇 그루를 심겨 있는데, 자세히 보면 잎이 삐죽 나오기 시작했고, 잎의 색깔과 별반 다르지 않은 작은 꽃들이 달려 있었다. 줄기에는 가시도 달려 있고 언뜻 보기에는 볼품이 없어 보이는 나무였다. 아버지는 그 나무를 단박에 알아보셨다.

마침 친구분이 마당에서 잡다한 집안일을 하고 계셨다.

가끔은 숲속에 숨고 싶을 때가 있다

"뭐하노?"

"별일 안 한다."

"마당에 저 나무들 말이데이. 니 무슨 나문지 알고나 심었나?"

"알지. 재피나무(초피나무) 아이가."

그분은 무시하지 말란 듯이 자신 있게 대답했다.

"알긴 아네. 그란데 저거 뭐할라꼬 심었노?"

"뭐할라꼬 심었기는. 재피가루 맹글어서 추어탕 끓여 먹을라꼬 심었제."

"거기에 재피가 달린다꼬? 백년을 기다려봐라. 그 나무에서 재피가 달리나, 이 사람아."

아버지께선 장난기 섞인 말투로 웃음을 굳이 참을 것도 없다는 듯이 호탕하게 껄껄껄 웃으셨다.

"재피나무에 재피가 안 달리며 뭐가 달리노?"

친구분은 허리를 펴고 이쪽을 보시며 말도 안 되는 소리를 왜 하느냐는 듯 말했다.

"이 사람 참. 재피가루를 맹글라카머 암놈을 심어야제 수놈을 심어놓으머 열매가 달리나?"

그분은 이게 무슨 말인가 의아한 얼굴로 나무들과 아버지를 번갈아 보면서 이해가 안 간다는 표정을 하셨다. 그렇다. 그 마당에는 모두 초피나무 수그루가 심겨 있었다.

초피나무를 경상도에서는 '재피나무' 또는 '지피나무'로 부른다. 그렇다보니 초피가루를 재피가루, 지피가루로 부르는 것은 경상도에서는 당연한 일이다.

초피가루는 잎을 가루로 만든 것도 아니고, 줄기의 가루도 아니며, 씨앗을 가루로 만든 것도 아니다. 추어탕 같은 각종 생선 요리에 향신료로 쓰는 가루는 초피나무 열매껍질을 가루내어 사용한다. 산에서 초피나무 열매를 만나면 따다가 볕에 잘 말려서 씨앗은 버리고 껍질만 보관한다. 초피나무는 암수딴그루여서 수그루에는 당연히 열매가 달리지 않고, 암그루에만 열매가 달린다. 공교롭게도 그 집 마당에 심어진 건 모두 수그루로 열매를 단 한 톨도 딸 수가 없는 상황이었다. 우리 동네 산에 초피나무가 간간이 눈에 띄는데, 그렇게 산에서 만난 몇 그루를 캐다가 마당에 심은 모양이었다. 그런데 그게 모두 수그루들이었던 것이다. 자생 상태에서 만나는 초피나무는 수그루일 확률이 더 높다. 비단 초피나무뿐만 아니라 생강나무나 비목나무 등 암수딴그루인 나무들은 수그루의 개체 수가 더 많은 경우가 흔하다. 아버지의 친구분은 시골서 자란 덕에 초피나무를 알아볼 줄은 알았지만 암수가 따로 있다는 것은 미처 모르셨던 모양이었다.

암수가 따로 있는 나무들의 열매를 수확하기 위해선 기본적으로 암그루를 심어야 하지만 그중 한두 그루는 수그루를 섞어 심는 것도 좋다. 그래야 꽃가루받이가 용이하고 열매가 잘 맺힐 확률이 더 높기 때문이다. 자생 상태에서는 수그루가 더 많으니 그 집 마당에 암그루가 하나만 있었어도 어쩌면 아버지는 그렇게 말씀하시지 않았을 것이다.

우리 아버지는 식물에 대해 잘 아시지만 또 잘 모르기도 하신다. '암수한그루'니 '암수딴그루'니 하는 말도 전혀 쓸 줄 모르신다. 그냥 암놈과 수놈으로 구분하고 어떤 나무들이 그런 나무에 속하는지 정도만 알지만, 그걸 생활에 활용하기 위해서 어떻게 해야 하는지는 누구보다도 잘 아신다. 그것은 비단 우리 아버지뿐만이 아니라, 시골서 나고 자라 지금껏 땅을 일구며 살고 계시는 모든 시골 어르신들의 특별하고도 탁월한 능력일 것이다.

우리 부모 세대는 그 능력으로 오랫동안 생활에 필요한 것들을 충당해왔다. 식자재로 사용하는 식물과 상비약으로 집에 꼭 있어야 하는 식물들을 자연에서 구별하고 활용했다. 식자재로 사용하는 식물들 중에서도 나물로 먹는 식물, 육수를 내는 식물, 향신료로 사용할 수 있는 식물이 어떤 것인지 잘 알았고 어떤 부위를 활용하는지도 알았다. 초피나무처럼 향신료로 사용할 수 있는 식물들이 어떤 음식과 궁합이 잘 맞아서 음식의 풍미를 더 좋게 하는지도 알고 있었다. 어떠한 열매에서 기름을 얻을 수 있는지도 알았으며, 먹을 수 있는 기름과 불을 피우는 기름을 구분하여 활용할 줄도 알았다. 독이 있는 식물은 아예 못 먹는 것과 약간의 탈이 나는 것을 나눌 줄 알았고, 어떤 것은 해독하여 먹을 수 있는 방법도 알고 있었다. 이렇게 식물을 생활에 활용하는 수많은 방법들은 기록으로 남아 있는 경우도 있지만 그렇지 못한 경우도 많을 것이다. 나를 비롯하여 내 또래들은 부모들로부터 이러한 능력을 제대로 물려받지 못했다. 배우고자 하는 마음이 부족했다는 것이 늘 아쉬울 뿐이다.

가끔은 숲속에 숨고 싶을 때가 있다

모두 조금씩
다르게 생겼다

예전에 나무를 잘 모를 때, 성암산에 있는 나무의 이름을 내 마음대로 불렀다. '작은나무' '키큰나무' '뚱뚱한나무' 등 대충 생김새로 이름을 붙였고, 그 이름으로 어떤 나무를 말하는지 는 나만이 알 수 있었다. 더 이전에는 몇몇 종류를 빼고는 그 냥 전부 '나무'일 뿐이었다. 그러나 지금은 꽤 많은 종류의 나 무 이름을 제대로 불러줄 수 있다.

막냇동생은 작은 꽃들의 이름을 불러줄 수 있는 내가 참 신 기하다고 했다. 그러면서 자기는 길을 가다가 또는 숲을 걷다 가도 꽃이 피어 있으면 그것의 이름은 '꽃'이요, 꽃이 피어 있 지 않으면 '풀'이라고 부른다고 했다. 내가 나무를 잘 모를 때

모든 나무들의 이름이 그저 '나무'였듯이 말이다.

어릴 때부터 식물에 관심이 많아서 자세히 살피기를 좋아
했다. 그때는 작은 풀들에 관심이 더 많았다. 그럴 수밖에 없
는 것이 나의 키도 작았거니와, 나의 첫번째 선생님이 우리 엄
마였기 때문이다. 예전에 시골의 젊은 여인들은 봄에 주로 산
과 들에서 먹을거리를 구했다. 그렇다보니 나물로 주로 많이
활용하는 풀들에 더 많은 관심을 가지는 건 당연했고, 그런
엄마를 선생님 삼아 식물을 배웠으니 다른 것보다 풀을 먼저
보게 된 것 또한 당연했다. 나무라야 잎을 나물로 먹는 화살
나무*나 두릅*이나 알까, 다른 나무들은 생김새에 따라 이름
을 붙여 특별할 것 없이 기억했다. 비록 이름은 제대로 부르지
못해도 나는 그 나무들 각각의 특징들을 잘 기억하는 편이었
다. 나중에 이름을 알게 되었을 때 절대로 잊어버리지 않는 비
법은 바로 그것이었다.

성암산에는 여러 종류의 나무들이 있지만, 특히 비목나
무*가 많이 있다. 비목나무는 잎에서 나는 향기가 아주 상큼
하다. 정신이 번쩍 나게 할 만큼 상쾌한 향기가 난다. 비목나
무의 겨울눈*도 참 예쁘다. 그 겨울눈은 한번 보면 잊어버릴
수가 없다. 어린나무에는 꽃눈이 거의 없고 주로 잎눈만 달린
다. 그리고 제법 자란 나무에는 잎눈과 꽃눈이 한꺼번에 달리
는데 그 달리는 모양이 참 특이하다. 일반적으로 나무는 꽃눈

가끔은 숲속에 숨고 싶을 때가 있다

이 중앙에 있고 잎눈이 주변에 달리는 경우가 많다. 그러나 비목나무는 잎눈이 중앙에 있고, 그 옆에 1센티미터가 약간 넘는 꽃을 단 대가 비스듬히 자라고 그 끝에 꽃눈이 하나가 달린다. 잎눈 하나를 중심으로 달리는 꽃눈의 개수는 한 개에서 많게는 너덧 개 정도 된다. 보통 한 개나 두 개 또는 세 개가 달리는 경우가 가장 많았다. 살펴본 바로는 나무의 위쪽으로 갈수록 꽃눈의 개수가 더 많아지는 것 같았다. 봄이 되고 특별할 것 없어 보이는 연두색의 꽃이 피고 또 잎이 나면, 광택이 나는 푸른빛이 참 고운 나무가 비목나무이다. 나는 그런 비목나무를 참 좋아한다.

나 못지않게 비목나무를 사랑하는 이가 또 있었다. 산을 오르다가 작은 바위에 걸터앉아 아름드리 비목나무를 바라보고 있노라면, 함께 눈에 들어오는 이가 있었다. 잿빛이 약간 섞인 것 같은 푸른빛의 등을 가진, 수컷은 정수리가 붉은, 청딱따구리가 바로 그들이다. 특별히 예쁘지는 않지만 카리스마 넘치는 청딱따구리는 유난히 비목나무를 자주 찾는 듯했다. 아름드리 비목나무의 줄기를 거침없이 오르고 뒷걸음질로 내려오는 모습이 참 신기했다. 그렇게 한 마리가 보이면 가까운 곳에서 또 한 마리가 나타났다. 노는 것인지 먹이를 찾는 것인지 모르지만 그들은 그곳에서 한참을 머물다 가곤 했다. 청딱따구리는 참 똑똑했다. 내가 비목나무를 모를 때부터 이미 비목나무를 알고 있었다.

산에 다니다보면 비목나무는 어렵지 않게 만날 수 있다. 그러나 지금까지 많은 산들에 다녀보았지만 아름드리 비목나무들이 성암산보다 많은 숲을 만난 적은 없다. 대부분의 산에는 어린나무가 많은데 이 산에는 오히려 큰 나무들이 많아 보였다. 물론 내 눈길이 닿지 않은 곳에 작고 어린나무들이 열심히 자라고 있을지도 모를 일이다.

지금도 껴안고 싶을 만큼 싱그러운 비목나무가 보고 싶어지면 성암산으로 향한다. 나무에서 좀 멀찌감치 떨어져 눈에 띄지 않는 곳에 한참을 앉아 있다보면 약속이나 한 것처럼 청딱따구리 한 쌍을 만나게 된다. 지난번에 만난 아이들인지 아닌지 알아볼 수는 없지만 만날 때마다 늘 반가운 마음이다. 숲속에서 비목나무는 특별하지도 않은 흔한 나무이다. 그러나 내가 비목나무를 모를 때 이 숲에 비목나무는 단 한 그루도 없었다.

시부거리를 아세요?

단 한 번도 혼자 간 적이 없는 시부거리에 혼자서 가게 되었다. 버스 시간도 알아보고 오가며 소요되는 시간은 얼마나 되는지도 알아보았다. 그러나 내가 알고 있는 시부거리는 그저 감포 가는 길 어디쯤 있다는 것뿐이었다. 남동생의 차를 타고 경산시외버스터미널까지 갔다. 거기엔 경주로 가는 버스가 자주 있는 편이었다. 싱그러운 풍경에 시간이 어떻게 가는 줄도 모르는 사이 경주 버스터미널에 도착했다.

이제 시부거리로 가야 한다. 경주에 도착해서 사람들에게 물어보았으나 '시부거리'라는 지명을 생소해했다. 매표창구로 가서 표를 사면서 직원에게 물어보았다.

"시부거리 가는 표 한 장 주세요."

직원이 오히려 나를 의아해하며 쳐다보았다.

"시부거리예? 거기가 어딘데예?"

"감포 가는 어디쯤이라고 알고 있어요. 더이상은 저도 잘 모르는데……."

당황해 말끝을 흐리는 나에게 그 여직원은 감포행 버스표를 주었다. 버스표를 받아들고 돌아서서 물끄러미 표를 쳐다보았다. 원하는 행선지는 시부거리인데 손에 든 건 감포 가는 표라 어떻게 해야 할지 몰라서 한참을 표만 들여다봤다. 마음 같아서는 창구에 가서 다시 물어보고 싶었지만, 시부거리가 어디냐고 되묻던 직원의 표정이 생각나서 결국 포기했다.

누구한테 물어보면 좋을까? 주변을 살펴보았다. 버스들이 들고 나는 것을 질서 있게 관리하는 분이 눈에 들어왔다.

"시부거리 가려는데 버스를 어디서 타면 되나요?"

"시부거리라꼬예? 거가 어덴고?"

"감포 가는 길 어디쯤이라고 하던데……."

그는 여전히 말끝을 흐리는 나를 향해 대답했다.

"감포예? 감포 가는 버스는 저 끝에서 탑니더."

가볍게 인사를 하고 버스 타는 곳으로 갔다. 잠시 기다리자 버스가 들어왔다. 감포로 가는 버스였다. 버스에 올라타면서 기사님에게 말했다.

"시부거리에 내려주세요. 제가 시부거리가 어디쯤인지 잘 몰라서요."

"시부거리예? 거기가 어딘데예?"

기사님도 고개를 갸우뚱했다. 미리 약속이라도 한 것처럼 다들 같은 말만 되풀이하고 있었다. 이런, 이 일을 어쩌나. 시부거리가 분명 경주에 있다는 것은 아는데 시부거리를 아는 사람을 아직 한 사람도 못 만났다.

그때 터미널을 관리하시는 분이 내가 탄 버스 기사님에게 인사를 건네며 말을 붙였다. 아까 만난 분은 아니었다.

기사님이 그분께 시부거리를 아냐고 물었다.

"아, 시부거리. 거기 아이가. 니 모리나? 덕동호 끝나는 데 즈음에 마을 하나 있다 아이가. 거가 시부거리 아이가."

"아하! 거기가 시부거리가? 알았다."

이미 알고 있는 곳이었지만 시부거리라는 지명을 몰랐던 모양이었다. 기사님은 웃으며 나를 돌아보았다.

"알겠심더. 거기서 세워드리께예."

그때 시부거리를 알려주셨던 분이 기사님에게 질문했다.

"시부거리가 와 시부거린지 아나?"

"모른다. 어딘지도 몰랐는데 우예 알끼고."

"옛날 신라시대부터 전해 내려오는 이름인데 그것도 모리나?"

그러면서 이야기를 이어가셨다.

"신라시대에 감포에 사는 사람들이 성 안으로 들어올라카

머 그 동네를 꼭 거쳐야 했다 아이가. 감포에서 오다가 고개를 넘어 시부거리에서 많은 사람들이 한숨 돌리며 쉬어댔겠다 카데. 그렇다보니 자연스럽게 그 마을에 주막이 많았다 카더라. 그런데 먼길 댕기던 사람들이 그 마을 주막에서 탁배기 한잔을 마시고는 사소한 시비가 자주 붙었다 안 카나. 그래서 '시빗거리'가 자주 일어나던 마을이라고 '시빗거리'라 부르던 것이 천년을 지나오면서 '시부거리'로 된기라 카데. 지금은 주말이면 작은 포장마차 하나가 시원한 음료를 팔고 있다 아이가. 연세 높은 노인들만 한 예닐곱 집 살고 있을 끼다."

버스 기사님은 물론이고 나도 흥미롭게 듣고 있었다.

"아, 그런 이야기가 있었나? 나는 첨 듣는 얘기데이."

기사님이 웃었다.

출발을 기다리는 사람들도 모두 새로운 옛날이야기를 재밌어하는 것 같았다. 버스는 달리기 시작했고 머지않아 경주 시내를 벗어났다. 점차 예전 보았던 풍경들이 떠오르고, 낯설지 않은 시부거리에서 내렸다. 마을로 들어가려면 작은 다리를 건너야 했다. 예전에는 시멘트로 되어 있었던 다리와 마을길이 까만 아스팔트길로 바뀌어 있었다.

다리를 건너니 오래된 산소 하나가 나를 먼저 맞았다. 자세히 보지 않으면 산소인지 그냥 둔덕인지 모를 정도로 이미 거의 자연으로 돌아가는 중이었다. 산소 주변은 산괴불주머니 꽃으로 뒤덮여 있었고, 마을로 들어가는 길 한쪽에도 역시 산

　　　　　　가끔은 숲속에 숨고 싶을 때가 있다

피불주머니가 온통 노랗게 꽃을 피우고 있었다. 마을길을 휘돌아서 가고자 했던 골짜기를 향해 가는데 길과 맞닿은 논두렁에는 애기똥풀*이 노랗게 피어 있었다. 마을 주변에는 약속이나 한 것처럼 온통 노란 꽃들이 만발해 있었다. 마을을 뒤로 하고 들어가는 골짜기에는 으름덩굴*이 막 꽃 피어나 향기가 달콤했고 고추나무*도 꽃을 피웠다. 그 꽃에 모시나비가 날아와 앉았다. 예전에 복수초*를 보았던 길섶에는 이제 열매가 영글어가고 있었다.

숲으로 들어가기 위해서는 작은 개울을 꼭 건너야 했다. 개울 속 작은 바윗돌에는 다슬기가 다닥다닥 붙어 있었다. 한 마리 잡아볼 요량으로 물속에 손을 집어넣었다가, 얼음장처럼 차가운 수온에 깜짝 놀라서 얼른 손을 거두었다. 개울을 지나 숲으로 들어서니 마을길을 걸을 때와는 다르게 서늘했다. 따사롭고 화창한 5월이건만 신록 속에 아직 잠이 덜 깬 숲속은 서늘한 기운이 가득차 있었다.

신라의 어느 왕족 무덤이 이러했을까? 어둡고 약간은 무서운 느낌마저 들었다.

'아마 이 숲속에 혼자 왔기 때문일 거야.'

무서움을 떨치기 위해 주문을 외듯이 중얼거렸다. 다행히 얼마 지나지 않아 적응이 되었다. 혼자 들어선 선선한 숲의 느낌이 그다지 나쁘지 않았다. 기회가 되면 또 혼자 와야겠구나 생각하면서 무르익은 숲속으로 깊이 걸어들어갔다.

2부

이상한
아이

나,

　　덩굴개별꽃

나의 이름은 덩굴개별꽃*이다. 지구상의 여러 생명체 중 인간으로부터 내가 이런 이름으로 불리고 있다는 사실을 알게 된 것은 지나가는 바람이 일러준 덕이다. 그전에 나의 이름은 그냥 '풀'이었다. 하얗고 자그마한 꽃이 피는 아주 귀여운 풀.

　나는 숲을 좋아한다. 너무 햇볕이 강하면 연약한 내가 견디기 힘들어진다. 그래서 키가 큰 나무들과 또 키 작은 나무들이 많아서 그늘이 두껍고, 근처에 작은 계곡이 있어 늘 물소리가 들리는 시원한 곳을 좋아한다. 그래도 꽃이 피는 계절에는 햇빛이 어느 정도 필요하기 때문에 나무들의 잎이 무성해지기 전에 꽃을 피운다. 일찍 꽃을 피우려다보니 봄이 되면 무척 바빠진다. 나는 키를 높이 키우지는 않는다. 꽃 피울 때만 잠시 작은 키를 위로 올려서 꽃잎이 다섯 장인 꽃을 피운다. 꽃은 아주 순수하고 깨끗한 순백색이다. 그런 나에게 반한 곤충이 찾아와서 꽃가루받이를 하고 떠난다.

곤충의 덕으로 열매가 맺히기 시작하면, 나는 가느다란 줄기를 옆으로 뻗고 또 뻗어 흙을 따라 기어간다. 줄기와 잎 사이에서 자라고 있는 열매를 위해 온 힘을 다한다. 혹시나 다른 벌레나 동물들에게 빼앗길 것을 염려하여 씨앗들을 품안에 꽁꽁 감춘다. 작은 씨앗들이지만 이다음에 싹을 틔우고 꽃을 피울 수 있는 어른으로 자랄 수 있도록 최선을 다한다. 그러나 그렇게 잘 영근 씨앗들은 멀리 가지 못한다. 나는 그게 늘 아쉽다. 기는줄기(땅 위로 길게 뻗으며 마디에서 뿌리가 나는 줄기)에서 작은 열매들이 터져 그대로 땅에 자리를 잡게 된다. 오늘도 오로지 장차 나의 생명을 받아 이어갈 작은 씨앗들을 지키는 일에 열중하고 있다.

숲은 늘 조용하다. 들리는 소리라고는 오직 지나가는 바람이 속삭이는 소리와 한창 새끼를 키우고 있을 새들이 우짖는 노랫소리, 가까운 곳에서 쉼 없이 흐르고 있는 물소리뿐이다. 변함없이 평화로운 이 숲속에서 나는 오늘도 비교적 행복하다.

갑자기 어디서 이상하게 생긴 누군가가 걸어왔다. 다리는 넷인데 두 다리로만 걷고 있었다. 앞다리 두 개는 그저 흔들거리기만 하고 별로 쓸모가 없어 보였다. 이쪽으로 다가오는 걸 보니 아마도 계곡에서 물을 마시려는 모양인가보다. 오늘은 날씨가 제법 더워서 저들도 물이 필요하겠지. 갑자기 학구적인 열정이 발동하기 시작했다.

'가만 있어보자. 뒷다리로만 걷고, 피부색이 이상하네? 색깔이 얼룩덜룩한 것이 피부 위에 뭔가를 덮어놓은 것 같기도 하고. 이 숲에 사는 다른 동물들은 털이 많은데 얘는 털이 머리에만 있구나. 어? 꼬리도 없네?'

이것저것 유심히 살펴보니, 잘은 모르겠지만 아마도 '인간' 같다는 생각이 들었다. 오래전에 잠시 쉬어가던 바람이 내게 일러주었다. 수많은 인간 중에서 누군가가 나의 이름을 '덩굴 개별꽃'이라고 지었다고 말이다.

그들은 이 숲에 사는 다른 동물들과는 달리, 두 다리로 걷고 앞발 대신 '손'이라 불리는 부분으로 아주 다양한 일을 할 수 있다고 했다. 그렇지만 나는 인간을 한 번도 본 적이 없었기 때문에 이해하기 어려웠다. 처음 보는 생명체에 호기심이 생겨 유심히 지켜보기로 마음먹었다. 인간은 계곡으로 가는 듯하더니 갑자기 내 옆에 주저앉았다. 그러고는 영 쓸모없을 것 같던 손이라는 것으로 나를 마구 헤집기 시작했다. 도대체 뭘 하는지 알 수가 없었다. 그런데 한참을 헤집고 앉아 있더니,

가끔은 숲속에 숨고 싶을 때가 있다

어라? 내 열매를 따기 시작했다.

갑자기 어딘가에서 또다른 소리가 들렸다. 서로 다른 소리가 섞여서 들리는 걸 보니 하나가 아닌 모양이었다. 비슷하게 생긴 또다른 개체 둘이 걸어오더니 역시 내 옆에 털썩 주저앉았다. 이 둘은 눈이 이상하게 생겼다. 두 눈 앞을 약간 반짝이는 뭔가로 가리고 있는데 저렇게 눈을 가리고도 잘 보이는지 궁금했다. 역시 먼저 온 그와 마찬가지로 주저앉은 채 손 두 개로 나의 줄기들을 마구 헤집기 시작했다. 도대체 알아들을 수도 없는 소리를 내기도 했고 까르르 까르르 괴상한 소리를 내기도 했다. 셋 중에서 둘은 소리가 약간 무거운 듯하고, 또다른 하나는 가는 쇳소리를 내면서 깔깔거리는 것이 영 듣기가 별로 좋지 않았다. 까르르거리다가 내 씨앗을 따는 데만 열중할 때는 또 조용하기 그지없었다.

등을 구부리고 앉아서 땅바닥에 붙어 있는 나의 잎사귀와 줄기들을 하나하나 들춰보면서 귀신같이 찾아냈다. 똑똑 따내는 솜씨가 보통이 아니었다. 열매는 꼭꼭 숨겨서 키우고 있는데 어쩜 저리도 잘 찾아내는지 참 재주도 좋았다. 잎과 줄기 사이에 간혹 하나씩 달린 열매를 아예 다 따갈 작정인가. 그러나 나는 이럴 때를 대비해서 자손을 만드는 또다른 방법을 가지고 있다. 인간이 나타나서 열매를 따가는 일은 드문 일이지만, 간혹 예상치 못한 이유로 열매를 잃기가 쉬운 곳이 숲속이기도 하다.

숲속은 아름답고 향기롭기도 하지만 살아가기 위해서 치열한 몸부림이 필요한 곳이기도 하다. 나는 꽃이 지고 난 후에, 땅바닥에 바짝 붙어서 옆으로 기어가는 줄기로 자손을 만들 수도 있다. 줄기에는 마디가 있는데, 거기에서 뿌리를 내리고 가을이 될 때까지 튼튼하게 만든다. 찬바람이 부는 계절에 잎과 줄기가 모두 시들고 나면 땅속의 뿌리는 조용히 겨울을 이겨낸다. 다시 봄이 되면 마디마다 내린 뿌리에서 싹을 틔울 수 있다. 이 방법도 좋은 방법이긴 하지만 꽃을 피우고 만들어진 씨앗으로 자손을 퍼트리는 것이 가장 좋은 방법이다. 그러나 올해는 소문으로만 듣던 인간이라는 존재 때문에 열심히 꽃을 피운 노력이 허사가 될 판이었다. 이미 퍼트린 씨앗이 적게나마 있기에 얼마나 다행인지 모르겠다. 그렇지 않았다면 올해 완전히 헛수고할 뻔했다. 그런데, 인간 셋 중에 정말 마음에 안 드는 하나가 이제 뿌리까지 뽑아가려고 흙까지 마구 헤집기 시작했다. 미운 놈이 미운 짓만 골라 한다더니, 하나를 뽑고 또 하나를 더 뽑았다. 숲속의 다른 동물들은 뿌리째 뽑아가지는 않는다. 간혹 멧돼지가 삶의 터전을 다 파헤쳐놓고 갈 때도 있긴 하지만, 그래도 가지고 가지는 않는다. 그래서 운이 좋으면 흙에 닿아 있는 뿌리들은 다시 살아날 수가 있다. 그런데 이들은 가지고 가려 하고 있었다. 나에게 있어서는 참 못된 녀석들이다. 내가 여러 해를 살 수 있기에 망정이지 만약 한해살이였으면 더 억울할 뻔했다. 그들은 샅샅이 뒤져서 딴 씨앗

가끔은 숲속에 숨고 싶을 때가 있다

을 손바닥 위에다 올려놓고는 지네들끼리 괴상한 소리를 내면서 이상한 표정을 짓기도 했다.

한참을 그렇게 주저앉아서 열매를 따다가 이제 일어서는 것을 보니 가려는 것 같았다. 몇 걸음 걸어가더니 갑자기 한 녀석이 또 까르르거렸다. 보아하니 웃는 소리 같은데 새소리와 비교하니 소음도 이런 소음이 없었다. 늘 평화롭기만 하던 숲속에 난데없이 날아든, 아니 걸어들어온 인간이라는 생명체가 소란만 피우다가 이제야 나가고 있었다.

아까운 내 씨앗들. 가다가 쿵 넘어지기나 해라. 뭐 내가 바라지 않아도 꼭 넘어질 것 같기는 하지만……. 가느다랗고 긴 뒷다리 두 개로 걸어가는 모습을 보니 저러다가 정말 넘어질 것 같았다. 앞다리는 왜 흔들고만 다닐까? 네발로 걸으면 더 편할 테고 잘 넘어지지도 않을 텐데.

인간들은, 자기네들끼리는 지구상에서 가장 진화가 완벽하게 된 종이라고 생각할지 모른다. 그러나 오늘 내가 본 그들은 그냥 곧 넘어질 것 같은 불안한 존재일 뿐이었다. 유난히 긴 네 개의 다리를 가졌지만 잘 달리지도 못할 것 같았다. 멧돼지보다 힘이 셀 것 같지도 않았다. 그러나 정말 신기한 것이 한 가지 있기는 했다. 이동할 때는 거의 사용하지 않는 '손'이었다. 발가락에 비해 유난히 길고 가는 손가락을 가졌는데, 관절의 움직임이 아주 부드럽고 유연해 보였다. 아주 섬세하고 움직임은 한 치의 오차도 없이 정확했다. 내가 사는 숲속에서 신체의 일부를 그런 식으로 움직이는 동물은 아직 보지 못했다. 인간이 처음이었다. 비록 애써 키우고 있던 씨앗을 많이 잃긴 했지만, 지구상에 살고 있는 새로운 종 하나를 자세히 관찰할 수 있는 날이었다. 그런 의미에서 나에게 오늘은 나쁘기만 한 날은 아니었다.

잎을 찬찬히
펼쳐보면

태백은 누구나 한 번쯤은 들어본 지명일 것이다. 한강 발원지
인 검룡소와 낙동강 발원지인 황지연못이 있는 곳으로 유명하
다. 더구나 주변에 함백산, 태백산 등 높은 산이 많고 금대봉처
럼 능선이 평이하고 숲이 좋아서 다양한 동식물들이 살기에
도 참 좋은 편이다.

식물을 좋아하고 탐사 활동을 즐겨서 태백은 아주 여러 번
다녀온 경험이 있다. 특히 서울 청량리역에서 밤 기차를 타고
새벽에 태백에 도착하는 일정을 좋아했다. 지금도 여전히 좋
아하지만 나이가 들면서는 밤을 꼬박 새워야 하는 여행이 좀
버거워졌다. 그래도 봄이 되면 늘 동경하게 되는 여행길이다.

가끔은 숲속에 숨고 싶을 때가 있다

새벽이라기보다 밤에 가까운 시간에 도착한 태백역은 고요하고 적막하기가 이루 말할 수가 없다. 태백역 가까운 곳에는 몇몇 식당들이 밤새 영업을 하고 있다. 늘 그 식당에서부터 태백 여행은 시작된다. 그중 하나를 골라 들어가서는 식사도 시키지 않고 한쪽 구석에 배낭을 베개 삼아 눕거나 벽에 기대어 꾸벅꾸벅 조는 것이 첫번째 일정이다. 식당에는 우리보다 먼저 온 손님들도 있고, 이후에도 간간이 들어오는 손님들이 있다. 그렇게 밤을 보내고 여명이 밝아올 때쯤 정신을 차려서 아침식사를 한 뒤, 길 건너 버스터미널에서 유일사행 첫차를 타고 태백산 아래로 향한다. 태백역과 버스터미널, 그리고 밤을 보낼 수 있는 식당이 서로 가까이 모여 있어서, 밤도 새벽도 아닌 시간에 도착해서 아침까지 시간을 보내기에는 아주 안성맞춤이다.

태백을 다니다보면 시골스러운 식당들이 종종 나타난다. 그런 식당에 식사를 하기 위해 들러보면, 어딘가에 하나같이 태백산의 오래된 주목ᵉ 사진이 걸려 있었다. 사계절의 다양한 모습들 중에 겨울 모습이 가장 많았다. 식당에 따라 다르지만 적게는 두세 점이 있기도 하고, 또 어떤 곳은 열 점 가까이 되는 사진이 벽에 나란히 걸린 모습을 흔히 볼 수 있었다.

내가 들른 식당도 마찬가지였다. 유일사 입구 조금 못 가서 있는 작은 식당은 얼핏 보기에는 식당 같지도 않았다. 그러나 그 집이 아침식사가 된다는 말을 듣고 전날 저녁에 미리 식사할 시간과 먹고 싶은 음식을 알려주고서 여섯시경 아침식사를 하러 갔다. 그 집도 역시 태백의 주목 사진이 자리잡고 있었고, 계절별로 포즈를 취한 주목 사진들이 여러 점이었다. 사진을 보면서, "태백 식당에는 다 저런 주목 사진이 있더라" 하고 혼잣말하듯이 내뱉었다. 주인아주머니께서 들으시고는 저 사진이 걸려 있어야 식당 허가를 받을 수 있었다고 말씀하시면서 웃었다. 식당마다 사진이 있는 이유가 늘 궁금했었는데 그 궁금증이 풀린 날이었다.

아침상을 받으니 구수한 된장찌개가 가운데 있고 밑반찬은 거의 나물이었다. 태백에서의 식사는 항상 그랬는데, 온통 나물로 차려진 밥상이 나는 참 좋았다. 묵나물 몇 종류와 장아찌 몇 종류가 나왔다. 일단 늘 하던 대로 나물 접시들을 유심히 살폈다. 하나하나 그 잎사귀를 밥 위에다 펼쳐보며 무슨 식물일까 살피는 것은 나물 반찬들을 즐기는 꽤 재미난 방법 가운데 하나였다. 곰취도 있고, 명이장아찌도 있었다.

태백 지방의 향명鄕名이 궁금하여 나물 하나를 가리키며 아주머니께 물어보았다. 청옥이라고 하셨다. 잎을 찬찬히 펼쳐서 살펴보니 그건 바로 박쥐나물이었다. 잎의 색이 다른 나물과 좀 특이하게 다른데, 지나치게 진하지 않은 청록색에 흰빛이 약간 도는 박쥐나물은, 그냥 초록색이라고 하기에는 좀 서운한 색을 가지고 있다. 아마도 그 색 때문에 청옥이라는 향명으로 불리는지도 모르겠다는 생각이 들었다. 그런데 그중에 도저히 알아보기 힘든 것이 하나 있었다. 향명을 여쭤보니 쩔뚝발이나물이라는데 이리저리 젓가락을 바쁘게 움직이며 뒤집고 돌려봐도 도저히 무슨 식물인지 알아보기 어려웠다. 주인아주머니는 태백에서 쩔뚝발이라고 부르는 나물은 무척 귀한 나물이라고 말해주었다. 온 산을 다 헤집고 다녀도 한 소쿠리를 따기가 힘들다고 한다. 겨우 한 소쿠리를 따고 내려오면 얼마나 먼 산길을 헤매고 다녔는지 다리를 쩔뚝거릴 정도라고 하니 말이다. 그래서 쩔뚝발이나물이라고 부른다고 한다. 또 다리를 절뚝거리던 사람이 쩔뚝발이나물을 먹고 나서 똑바로 걸었다 하여 그리 불린다는 이야기도 있다고 한다.

이 나물은 이른봄에 막 올라올 때 뜯어야지 조금만 늦어도 묵나물을 할 수 없다고 한다. 조금만 시기를 넘겨도 삶아서 데치면 나물 색이 허옇고 마른 갈대처럼 뻣뻣해져버린다고 한다. 그래서 사월 초파일이 지나면 쩔뚝발이나물은 못 먹는다고 주인아주머니가 일러주었다.

식당 아주머니 덕에 여러 가지를 배웠다. 그렇지만 풀리지 않은 절뚝발이나물의 이름이 내내 머릿속을 떠나지 않았다. 유일사를 향해 오르는 와중에도 늘 그 나물이 궁금했다.

안개 자욱한 태백산 언저리는 바람 소리와 그 바람에 후드득 떨어지는 물방울 소리만 요란했다. 간간이 아침 새소리가 들렸으나 어떤 새일까 돌아볼 여유도 없이 그저 걸을 뿐이었다. 처음 가는 길도 아닌데 유난히 힘겨워 생각을 해보니, 이 길을 걸어본 지가 수년이 지났다는 걸 알았다. 그새 내 체력이 더 좋아질 리 만무하니 어찌 보면 다리가 더 무겁게 느껴지는 것은 당연한 일이었다. 그렇게 아래를 내려다보고 풀들만 살피며 걸었다. 그러다가 어떤 한 식물이 눈에 들어왔다. 그 순간 눈이 번쩍 뜨였다. '쩔뚝발이나물이 바로 이거로구나.' 그러고 보니 많이 봤고 먹어도 봤다. 왜 이 생각을 못했을까.

태백에서 쩔뚝발이나물이라고 부르는 나물은 울릉도에서는 삼나물이라고 부르는 눈개승마의 어린순이었다. 그렇다. 눈개승마의 자생 상태를 보면 수개체가 모여 있긴 하지만 그다지 흔한 식물은 아니었다. 키가 제법 큰 초본식물이므로 풍성하게 꽃이 피었을 때는 많아 보일지 모른다. 그러나 손가락 길이보다 조금 길게 붉은 싹이 날 때는 몇 대궁을 꺾어도 한 줌도 되지 않을 것이다. 그런 어린 싹을 꺾어 한 소쿠리를 만들려면, 해뜨기 전 새벽녘부터 해가 질 때까지 산을 헤매고 다녀도 어림도 없을 일이다.

묵나물을 만들어 오래 두고 먹으려면 사월 초파일 이전에 꺾어야만 하고, 산에 가면 만날 수는 있으나 손쉽게 많은 양을 구할 수 없으니, 그 시절 젊은 여인들은 얼마나 오랫동안 산을 걷고 또 걸었을까?

먹을거리를 주로 산에서 구하던 산골 마을에서는 겨울에 먹을 것들을 봄부터 미리 준비해야 한다. 그중에 하나가 바로 묵나물이다. 봄에 나물을 해서 데치고 잘 말려서 보관했다가 나물이 귀한 계절에도 먹을 수 있는 '묵은 나물'이 묵나물이다. 주로 해가 바뀌고 봄나물이 나오기 전에 먹는 나물이다. 묵나물은 먹을 수 있는 모든 식물로 만들 수 있는 그런 나물이 아니다. 가능한 나물과 불가능한 나물이 있다. 대표적으로 삼나물이 가능한 시기와 불가능한 시기로 나뉘는 모양이었다.

쩔뚝발이나물이 무엇일까, 머릿속에서 좀처럼 떠나지 않던 궁금증이 한순간에 해결되었다. 그때 비로소 주변의 다양한 식물들이 더 편하게 눈에 들어오고 새소리도 더 세밀하게 들리기 시작했다. 안개 속에 흐리게 보이는 나뭇잎들에 더 집중할 수 있게 되면서 앞으로 이 길에서 만나질 나무들이 기억 속에서 떠올랐다.

조금 더 올라가서 능선을 만나면, 유일사로 내려가는 돌계단이 나올 것이다. 그 계단을 따라 내려가면 유일사 경내에서 멋진 사스래나무 숲이 보일 것이고, 한쪽에는 눈측백나무도 보일 것이다. 유일사에 들르지 않고 그대로 왼쪽으로 꺾어서 정상을 향해 올라가면, 분비나무가 숲을 이루고 있고 역시 사스래나무도 많이 나타날 것이다. 그렇게 걸어서 제일 높은 곳이 가까워지면 오래 산 주목도 만나질 것이고, 꽃개회나무도 보일 것이다. 앞으로 걸어갈 길을 상상하며, 곧 만나게 될 나무들을 생각하며, 해마다 무거워지는 다리를 이끌고 안개 속을 걷고 걸었다. 아침 밥상에서 쩔뚝발이나물을 먹었으니 쩔뚝거리지 말아야지 생각하면서 부지런히 힘주어 걸었다.

가끔은 숲속에 숨고 싶을 때가 있다

청개구리를 보면
브레이크를 밟아라

비가 내리는 날에는 청개구리가 생각난다. 비 오는 날의 말 안 듣는 청개구리 이야기라면 모르는 사람이 없을 것이다. 그러나 이건 좀 다른 이야기다.

나에게는 여동생과 남동생이 둘 있다. 그중 큰 남동생은 대학을 좀 먼 곳으로 다녔다. 집에서 학교까지 차로 한 시간 거리인데 아버지의 트럭을 운전하여 학교에 다녔다. 학교까지 가기 위해선 시골 도로를 한참이나 달려야 했다. 동생은 매일같이 그 길을 다니던 중 어느 비 내리는 날에 있었던 이야기라면서 나에게 들려주었다.

그날도 동생은 학교 수업을 마치고 이미 어두워진 시골길을 달리고 있었다. 그러다 저멀리 도로 바닥에 푸른 별들이 수도 없이 떨어져 있는 듯한 풍경을 보게 된다. 비가 내리는 날에 별이라니. 그것도 땅바닥에 떨어진 별. 그러나 잠시 후 동생은 그 별들의 실체를 알게 되었다. 바로 청개구리들이 도로를 가로질러 이동하는 모습이었던 것이다.

그들도 생명이니까, 그 위를 섣불리 달릴 수는 없어 차를 세우고 한참을 기다렸다. 그러나 다 지나갈 때까지 기다릴 수가 없을 정도로 많은 청개구리들이 도로를 뒤덮고 있었고, 다른 한쪽에서는 계속해서 도로 위로 청개구리들이 올라오고 있었다. 어찌할까. 망설이고 또 망설이던 동생은, 이미 늦은 시간이기도 해서 그냥 지나가기로 마음을 다져 먹고 그들을 가로질러 지나갔다. 아마도 바퀴에 밟혔을 청개구리들을 생각하면서 마음이 많이 아팠다고 한다.

그런 일이 있고부터 시간이 흘러 비가 오는 어느 날. 동생은 또다시 청개구리들을 만나게 된다. 드문드문 집들이 있는 어두운 시골 마을길을 달리던 중이었는데, 멀리 앞쪽에 청개구리 한 마리가 팔딱팔딱 뛰어가고 있더란다. 이번엔 떼가 아니라 한두 마리 정도이니 차를 세우고 지나가기를 기다리면 되겠다 싶어서 브레이크를 밟았다. 그렇게 차를 세운 순간 동생은 소스라치게 놀랐다. 브레이크를 밟고 보니 눈앞에 보이는 것은 청개구리가 아니었더라는 것이다.

가끔은 숲속에 숨고 싶을 때가 있다

무엇이었냐는 질문에 동생은, 청개구리라고 생각했던 것이 청개구리가 아니라 사람이었다고 말했다. 그 사람은 검은색 바지에 검은색 셔츠를 입고 어두운 색깔의 우산을 쓴 채, 비가 내리는 어두운 시골 도로를 가로질러 건너가던 중이었다. 길가에 가로등조차 없는 깜깜하고 비 오는 시골 도로에서 온통 검은색으로 감싼 사람이 쉽게 보일 리가 없었다. 마침 그는 운동화를 신고 있었는데, 그조차 어두운색이었다. 그러나 그 운동화 밑창의 일부가 투명한 재질로 되어 있었고, 그 부분에 자동차의 불빛이 반사되어 밝게 빛이 났던 것이다. 빗속을 달리던 동생의 눈에는 빛에 반사되는 일부분만 보였고, 청개구리 한두 마리가 팔딱팔딱 뛰어가는 것처럼 보였던 것이다.

청개구리 두 마리를 살리려다 사람 둘이 살았다는 생각에 동생은 놀란 가슴을 쓸어내렸다. 이 얼마나 다행스러운 일이었는가. 아마도 길을 걷던 사람은 자신을 인식하고 차를 세운 줄 알았을 것이다. 청개구리로 착각하고 차를 세웠다고는 감히 상상도 못했을 일이다.

드릴 게 없으니
이거라도 드세요

아주 오래전의 일이다. 동생이 고등학교 다닐 때였다. 나는 그 당시 직장을 다녔고 여동생은 고3 수험생이었다. 그 시절 우리에게 가장 기다려지는 날은 토요일이었다. 요즘이야 주5일 근무가 기본이지만 그때는 학교도 직장도 토요일에 등교하고 출근해야 했었다. 토요일 오후가 되면 부모님이 계시는 집으로 가는 일이 제일 즐겁고 신나는 일이었다. 토요일이 오기 전까지는 전화로 아쉬움을 달래야 했다. 요즘처럼 휴대폰이 있는 시절도 아니었다. 작은 방 한 칸 얻어서 자취를 하는 상황이어서 방에 전화를 따로 들이지도 않았다. 유일한 연락 수단은 골목을 나가서 작은 네거리 한쪽 모퉁이에 있는 공중전화뿐이었다. 둘이서 동전 몇 개를 들고 나가서 번갈아가며 엄마 아빠와 통화를 했다. 그것이 일과 중 하나였으며 아주 큰 즐거움이었다. 자취 초반에는 공중전화를 붙들고 울기도 많이 울었다. 맏이다보니 동생의 보호자 역할까지 해야 했기 때문에 더욱 그랬을지 모르겠다.

아무도 지우지 않았는데도 혼자서 느끼는 책임감 때문에 버거운 날도 많았다. 그중에서 힘든 일 중의 하나가 밥이었다. 요즘이야 학교에서 급식을 제공하지만 그때는 도시락을 싸서 다녀야 했다. 그동안은 늘 엄마가 해주시는 밥을 먹고 도시락을 들고 학교에 다녔기 때문에 밥에 대한 어려움을 모르고 살았다. 그냥 때가 되면 당연히 차려지는 것인 줄만 알았다. 그러나 동생을 건사하며 삼시 세끼 밥이 어려운 것이라는 것을 깨달았다. 동생은 늘 아침 일찍 학교에 가고 나보다도 한참 늦게야 돌아왔다. 학교에서 아주 늦게 돌아오는 날도 있고 덜 늦는 날도 있었다.

그날도 여느 날과 다름없이 아침에 일찍 일어나 동생의 도시락을 준비했다. 집에 돌아와서 저녁식사 준비를 마치고 늦게 돌아올 동생을 기다리며 소설책을 읽고 있었다.

작은 자취방에 천으로 된 옷장 하나, 작은 찬장 하나, 전기냄비, 전기밥솥이 살림살이의 전부였다. 싱크대는 당연히 없었고 설거지는 마당에 있는 수돗가에서 해야 했다. 그런 환경이다보니 TV는 더욱 상상도 할 수 없었고 혼자 시간을 보낼 때는 늘 소설을 읽었다. 소설 속 이야기에 한창 정신이 팔렸을 때쯤 동생이 돌아왔고, 여느 날과 다름없이 설거지를 해야 하니까 빈 도시락을 내놓으라고 말했다. 동생은 선뜻 내놓지 못했다. 우물쭈물 하는 게 이상해서 왜 그러냐고 물었더니, 뜸을 들이다가 오늘 아침에 일어난 일을 이야기했다.

아침에 강변길을 따라 걸어서 학교로 가는 길에 다리 주변에서 웬 남자와 마주쳤다고 했다. 그런데 그 남자가 동생에게 다가와 배가 너무 고프다면서 동생에게 돈이 있으면 몇백 원만 나누어 달라고 했다는 것이다. 행색은 초라하나 나쁜 사람 같지는 않았으며 무슨 사정이 있어 보이더라고 했다. 그런데 동생에게는 마침 몇백 원의 여유조차 없었다. 부모님은 시골에서 농사를 지으시고 나와 동생이 가까운 시내에서 자취를 하는 터라 형편이 그다지 넉넉하지 못하였다. 학교가 가까워 늘 걸어다니기 때문에 주머니에 여윳돈이 있을 필요도 없었다. 요즘 아이들이 들으면 웃을 이야기지만 그 시절에는 그런 아이들이 많았다. 할 수 없이 동생은 가방에서 도시락을 꺼내주었다고 한다. 그랬더니 그 남자는 학생의 도시락을 얻어먹을 수는 없다면서 거절했다고 한다. 그래도 동생은 몇백 원도 없어서 도와주지 못해 오히려 미안한 마음에 거듭 권하였으나, 한사코 사양을 하더라는 것이다. 지금 당장은 사정이 있어 보였고 절대 나쁜 사람 같지는 않더라고 또 강조했다. 아마도 낯선 사

가끔은 숲속에 숨고 싶을 때가 있다

람에게 쉽게 곁을 내준 것에 대해 내가 화를 낼까봐 미리 수를 쓰는 것 같았다. 동생은 한사코 사양하는 그에게 도시락을 억지로 떠다 안겨주고 학교로 향했고, 도시락을 주고 가면서 도시락을 싸준 언니 생각이 났다고 한다.

나는 평소에 동생이 혹시라도 배가 고플까봐 밥을 꾹꾹 담아주는 편이었다. 점심때 도시락을 펼치면 식은 밥은 떡이 되다시피 한다는 걸 알고 있으면서도 늘 그렇게 했다. 매일같이 동생의 도시락을 싸면서 엄마 생각을 많이 했다. '우리 엄마도 이런 마음으로 내 도시락을 쌌겠구나' 생각하면서 마음이 짠하기도 했고 미안해지기도 했다. 그렇게 조금씩 철이 들기 시작하는 것 같았다. 이런 사소한 일로 철이 드는구나 싶었다. 내가 도시락을 쌀 때면 동생은 옆에서 지켜보다가 밥이 너무 많다면서 늘 덜어내라고 잔소리를 하곤 했다. 내가 엄마에게 그랬던 것처럼. 그런 날이면 마지못해 조금 덜어내기도 했다. 그런데 그날은 꾹꾹 담아 오지 못한 것이 못내 서운하더라는 것이다. 꾹꾹 눌러 담은 도시락이었으면 그 사람이 더 배부를 수 있었을 텐데 그러지 못해서 서운했다고 동생이 말했다. 나는 그 이야기를 다 듣고 눈물이 쏟아졌다. 좀 무모하긴 했지만, 누군가에게 도움이 되고 싶었던 동생의 마음을 앞에 두고 나무랄 수도 없었다. 밤까지 공부하느라 힘들었을 텐데 하루종일 밥도 못 먹고 있었을 동생을 생각하니 나는 속이 상할 수밖에 없었다. 그래서 엉엉 울었다. 차마 칭찬도 못하겠고, 나무라지도 못하겠고 그냥 울기만 했다. 그렇게 한참을 울다가 눈물을 닦고 동생에게 말했다.

"도시락도 없고 돈도 없고 밥은 우쨌노?"

"친구들이 매점에서 떡볶이 사줘서 묵었다."

"시장 가자."

"와?"

"도시락 통이 있어야 내일 또 밥 싸갈 거 아이가."

그렇게 동생과 나는 팔짱을 끼고 꽤 먼 거리의 시장을 향해 나란히 걸었다. 이미 파장을 하려는지 상점들이 문을 닫고 있었고, 불 꺼진 상점들이 많아져서 거리는 점점 어두워져가고 있었다. 시장 초입에 있는 신발 가게도 그 앞의 노점상도 다 문이 닫혀 있었다. 밖에 나와 있던 떡볶이 판매대를 막 안으로 집어넣고 있는 분식집을 지나서 생활에 필요한 잡다한 것을 파는 가게에 도착했다. 가게는 슬슬 마감 준비를 하고 있었다. 예쁜 것을 고를 시간도 없이 바로 보이는 도시락 통을 하나 사 들고 나왔다. 올 때처럼 팔짱을 끼고 서로 의지하며 점점 더 어두워져가는 거리를 걸었다.

그다음날 나는 새 도시락 통에 평소와 다름없이 꾹꾹 눌러서 밥을 담았다.

가끔은 숲속에 숨고 싶을 때가 있다

엄마의
택배 상자

택배가 도착했다. 토요일이라 마침 집에 있어서 직접 받을 수 있었다. 보름 전부터 보내주신다던 양식이 이제야 도착한 것이다. 이 주일 동안 시골의 농사일은 한숨 한번 쉴 틈 없이 바빴을 것이다. 그렇기에 객지 생활하는 딸아이가 쌀 떨어진 걸 아시면서도 십 리 길의 읍내 우체국에 택배를 보내러 갈 시간조차 나지 않았던 것이다.

　시골에서 올라온 택배 상자를 열어볼 때면 항상 가슴이 설렌다. 애인한테서 선물이라도 받은 양, 아니 그것보다 더 설렌다. 설렘도 잠시 '이걸 어떻게 뜯어야 하지?' 하는 생각이 들 정도로 참 야무지게도 포장이 되어 있다는 것을 깨달았다. 특별히 깨질 것도 샐 것도 없는데 뭘 이렇게까지 하셨을까 싶었다. 웬만큼만 포장해도 괜찮을 텐데 항상 너무 단단히 포장이 되어 있어서 뜯을 때마다 두세 번씩 손을 대야 했다.

택배 상자로는 '옹골찬 천도복숭아'이거나 아니면 '청도 반시' 상자가 주로 사용되었다. 이번에 선택된 청도 반시 10킬로 그램 상자를 열어보니 쌀과 함께 여러 가지가 들어 있었다. 아무것도 필요 없으니 작은 상자에 쌀만 조금 보내달라고 말씀드렸었는데, 엄마에게 아무것도 필요 없다는 말은 들리지 않으셨나보다. 물론 이럴 줄 미리 알고 있었지만 눈앞에 닥치고 보니 또 새삼스러웠다. 따뜻한 매실차를 좋아하는 나를 위해 작년에 엄마가 직접 만드신 매실청이 들어 있었다. 500밀리리터짜리 음료수병에 뚜껑을 닫고, 혹시나 샐까봐서 비닐을 씌우고도 모자라 노란 고무줄로 야무지게도 동여매어 있었다. 굳이 고무줄을 동여매지 않아도 절대로 새지 않을 병인데, 엄마는 혹시나 천의 하나 만의 하나 일어날지도 모를 일을 미리 대비하셨다. 양파도 네 개 들어 있었다. 보기도 좋은 것이 먹기도 좋다고 예쁘게 생긴 것만 골라 넣으셨다.

신문지에 싸인 의문의 무엇들도 있었다. 내 주먹 두 개 정도 크기의 동그란 것들이 상자 이 구석 저 구석 공간마다 가득 채워져 잔뜩 들어 있었다. 하나를 골라 신문지를 벗겨보니 그다지 크지 않은 참외였다. 다 꺼내서 세어보니 아홉 개나 들어 있었다. 생각지도 못한 내용물이었다. 참외는 우리 집에서 재배하는 농작물이 아니어서 택배 상자에 들어 있으리라고는 상상도 못했다. 하나 꺼내어 참외 꼭지에 코를 갖다대고서, 노랗고 단내 폴폴 나는 참외 향을 맡아보았다. 참외 향기가 엄마의 향기로 느껴졌다. 한쪽 구석에는 상추도 한 봉지 들어 있는데 우리 집 텃밭에서 키운 상추였다.

시골집 마당 뒷문으로 나가면 텃밭이 있다. 그 텃밭에 심는 것은 팔기 위한 것이 아니라 가족들이 먹기 위한 것이다. 그 텃밭에는 부추와 가지를 비롯하여, 들깨와 오이 등 십여 가지의 채소들이 있다. 그중에서도 요즘 상추가 아주 싱싱하고 맛있나보다. 흙속에 단단히 뿌리를 내리고 바람도 이기고 비도 맞으며 자란 노지 채소들은, 그 맛과 씹히는 질감이 온실에서 키운 것과는 다르다. 부모님이 손수 기른 상추는 보들보들 야들야들해 보이지만, 그 속에 숨어 있는 강단진 질감을 나는 좋아한다. 엄마는 상추씨를 가을에 뿌린다. 싹이 나면 추운 날씨에 얼어죽는 것을 방지하기 위해 얇은 부직포를 덮어준다. 따뜻하게 하기 위한 것이 아니라 얼어죽지 않을 정도로만 덮어서 겨울을 나게 한다.

한겨울이 지나고 추위가 풀려갈 때 부직포를 걷고 환경에 적응하게 만든다. 초봄이라도 가끔은 영하로 내려가는 날도 있기 때문에 바깥쪽 잎들이 얼어서 시들기도 한다. 그렇지만 속대는 얼지 않고 살아남아 새로운 잎을 계속해서 올린다. 그런 잎들은 부드러워 보이지만 섬유질이 풍부하고 상추 특유의 쓴맛과 향이 살아 있다. 바로 그 상추가 들어 있었다. 또 그 옆에 여러 겹의 비닐봉지에 들어가고도 모자라 꽁꽁 동여 싸져 포박당한 두 개의 봉지가 보였다. 하나는 열무로 담근 김치였다. 초피가루를 살짝 넣어 아주 상큼한 향기가 나는 김치로 여름에 즐겨 먹는 김치다. 또하나의 봉지를 열어보니 이게 웬일인가. 갈치조림이 들어 있었다. 며칠 전 통화에서 "갈치조림을 해서 좀 넣어 보내련다" 하시는 것을, 혹시 오다 상할 수 있으니 넣지 마시라고 말씀드렸다. 그런데도 딸이 갈치조림을 좋아한다는 것을 그냥 넘길 수 없으셨나보다. 집에 가면 종종 해주시는, 엄마표 갈치조림을 무척 좋아한다. '혹시 상할지도 모르지만 그래도……' 하는 마음으로 택배에 넣어 보내신 것이다.

이번 택배의 목적은 분명히 쌀이었는데, 그보다 더 많은 공간을 차지한 다른 먹을거리들 때문에 상자 속 주인공이 바뀌어버렸다. 덕분에 갑자기 냉장고는 부자가 되었다. 과일을 좋아해서 집에 늘 과일이 있었다. 며칠 전 과일이 떨어져서 사과 몇 개를 사서 냉장고에 넣어두었다. 오늘은 그 사과 남은 몇 개와 엄마가 보내주신 참외 아홉 개가 냉장고에 들어 있다. 냉장고가 꽉 찼다. 더불어 내 마음도 꽉 찼다.

집에 전화를 했다. 점심 드시러 오셨을 텐데 싶어서 집전화

가끔은 숲속에 숨고 싶을 때가 있다

로 걸었는데 안 받으셨다. 휴대폰으로 했더니 아버지가 받으셨다. 점심시간이 훌쩍 지났는데도 아직 밭이라고 하셨다. 택배를 받았다고 말씀드렸더니, "그랬냐. 잘 받았냐" 하시며 웃으셨다. "엄마 바꿔줄까?" 하시면서 대답을 듣지도 않으시고 엄마한테 전화기를 넘기셨다.

다 잘 도착했냐고, 혹시 새진 않았냐고, 상한 것은 없느냐고…… 대답할 틈도 없이 한꺼번에 질문이 쏟아졌다. 혹시 상할까봐 갈치조림은 무도 거의 넣지 않고 짭조름하게 졸였으니, 무를 좀더 썰어넣고 물도 더 부어서 다시 끓여서 먹으라고 하셨다. 일도 바쁠 텐데 쌀만 좀 보내달랬더니 뭐 이렇게 많이 챙겨 보내셨냐고 핀잔 아닌 핀잔을 했다. 갑자기 냉장고가 꽉 차서 부자 된 느낌이라는 말도 잊지 않았다. 농사일로 점심도 제때 못 드실 정도로 바쁜 시절에 이걸 다 장만하시느라 마음이 더욱 바빴을 것을 잘 알고 있다.

아이 주먹 하나 들어갈 틈도 없이 가득 채운 10킬로그램짜리 청도 반시 상자, 겉으로 보기엔 평범한 택배 상자였다. 그러나 엄마가 준비하시고 아버지가 직접 우체국에 싣고 가서 부쳐주신 그 상자에는, 뭐라도 하나 더 넣어 보낼 것이 없을까 고심한 마음까지 함께 포장되어 있었다.

우리 집
사용 설명서

내일이면 시골에 가야 한다. 이번에 내려가면 한동안 집에 오지 않을 것 같다. 주말에 친구가 집을 좀 쓰겠다고 해서 그러라고 했다. 우리 집은 쓰기 좀 까다로운 데가 있었다. 내가 집을 떠난 후에 친구가 올 예정이어서 얼굴을 보고 인수인계를 할 수 없는 상황이었다. 그래서 친구에게 편지를 남겼다.

친구야, 잘 도착했어?
날씨가 많이 더워졌네.
못 쓰는 글씨로 오랜만에 편지라는 걸 써보려니 여간일이 아니네그려.

　가끔은 숲속에 숨고 싶을 때가 있다

'우리 집 사용 설명서'야.

아파트가 20년이 넘어서 여기저기 부실한 곳이 많아. 우선 현관 자물쇠는 안에서는 손잡이를 가로로 하면 잠겨. 그리고 걸쇠 걸면 돼. 혹시 외출할 때는 밖에서 열쇠를 오른쪽으로 돌리면 잠기는데 두 개의 열쇠 구멍 중에서 손잡이 부분만 잠그면 돼.

주방에 가스레인지는 오른쪽이 고장났어. 왼쪽만 사용할 수 있어.

쌀은 현관에서 신발 벗고 들어서면 오른쪽 탁자 위 박스 안에 있어. 그걸로 밥해 먹으면 돼.

압력밥솥을 사용할 줄 알면 검은색 압력밥솥을 쓰면 되고 아니면 화장실 입구에 전기밥솥 있으니까 그거 쓰면 돼. 그리고 냉장고 안에 반찬들은 다 꺼내 먹어도 되고, 맨 밑 칸에 김치가 많고 반찬통 하나에 버섯 잘라서 넣어났으니까 구워먹어. 식용유나 소금은 가스레인지 밑 수납장 있어.

그리고 우리 집에 가끔 바퀴벌레가 나오니까 놀라지 말고.

그릇을 사용할 때는 미리 설거지를 다 해둔 거라도 쓰기 전에 꼭 한 번씩 헹궈서 쓰도록 하고. 숟가락도 마찬가지야.

물은, 싱크대는 물론 세면대도 오른쪽의 찬물 나오는 파란색 수도꼭지만 틀어서 써야 해.

샤워를 할 거면 큰방 보일러 붉은 선이 있는 다이얼을 20도 정도로 올린 다음 목욕 버튼을 눌러. 그러고 나서 잠시 후에 양쪽 수도꼭지를 다 틀어. 따뜻한 물 쪽에서 녹물이 잠시 나올 수도 있어. 약 삼 분 정도 흘려버리고 난 다음에 쓰면 괜찮아. 그래도 세면대랑 싱크대의 분홍색 수도꼭지는 절대로 틀면 안 돼.

욕실 수납장에 깨끗한 수건 있으니 그거 꺼내 쓰면 되고, 혹시 칫솔 잊어먹고 안 가져왔으면 수납장 중간 칸에 새것들 있으니까 그거 꺼내 써. 화장지도 수납장에 있고.

더우면 작은 방 창문을 열고 베란다 쪽 창을 같이 열어두면 좀 시원해. 선풍기는 작은 방에 있으니까 더우면 사용해. 스킨과 로션 필요하면 쓰고.

참! 샤워한 후에는 보일러 꼭 꺼야 해. 잊어버리면 계속 돌아가니까.

방은 큰방을 써. TV가 큰방에 있으니 그게 편할 거야.

침대를 쓸 거면 그냥 쓰면 되고. 혹시 바닥이 편하면 침대 위에 있는 요를 그대로 바닥으로 잡아당겨 내려서 써도 돼.

냉장고에 방울토마토는 씻어서 먹고 문 칸 투명한 병에 홍초 희석해둘 테니 시원하게 마셔. 어쨌든 먹을 건 여기저기 다 뒤져서 먹도록 해.

심심하면 내 책 아무거나 꺼내 읽어도 돼. 시집도 몇 권 있어. 컴퓨터 자판 아래 돈 삼만 원 넣어둘 테니 혹시 돈 쓸 일 있으면 써. 그리고 뭐 빠진 게 없나 모르겠네?

마음대로 쓰고, 마음대로 먹고.

갈 때 열쇠나 경비실에 꼭 맡겨놓고 가시게. 절대 잊어버리지 말고.

혹시 궁금한 건 나한테 전화 주고.

나 청소는 못하고 가니까, 지저분해도 그냥 있다가 가.

6월 21일, 친구가 친구에게

참! 생수는 현관 옆에 박스로 있으니까 먹는 물은 꼭 그걸 먹어.

사랑스러운
사람들

날씨가 참 깨끗하다. 맑게 개지는 않았으나 하늘이 아주 청명하고 두껍지 않은 구름 덕분에 적당히 볕이 부드럽고 녹음이 연두에서 청록을 향해 가고 있다. 이런 날씨 좋은 휴일에 사무실에 찾아오는 고객을 향해 마음에도 없는 웃음을 지어야 하는 내 생활이 서글프기도 한 날이다. 그러나 창밖으로 회색 빌딩숲이 아니라 초록의 숲을 바라볼 수 있다는 사실만으로 위안을 삼으려 한다.

밖에는 아이들의 재잘거리는 소리와 상쾌하고 시원스러운 새소리가 한창이다. 문을 열고 나가면 물소리 또한 한창이리라. 물소리와 새소리를 들으면서 초록색 숲속에 혼자 들어앉

가끔은 숲속에 숨고 싶을 때가 있다

고 싶다. 그 속에서 시원한 스커트 차림으로 편하게 앉아 양말 벗고 발가락 사이로 간지럼 태우는 꼬마 바람을 느끼고 싶다. 그러면 나는 고 녀석의 장난에다 발가락을 꼼지락거리면서 낄낄거리고 맞장구를 쳐줄 수 있을 텐데……

요즘은 버겁고 힘겨운 일들이 이어지고 있다. 내 몸을 점령한 고단함이 이제 마음마저 침해하고 있다. 침해당한 마음은 그 고단함 때문에 평소에는 웃음으로 받아넘기며 개의치 않던 일조차 짜증으로 다가올 때가 더러 있다.

그런 와중에도, 꽃 못지않게 사랑스러운 사람들이 주위에 있어서 견딜 수 있는 힘을 얻고 있다. 아무리 짜증을 부려도 다 들어주며 따뜻하게 다독이는 이가 있고, 우울해 보이는 나를 위해 옆구리 찔러가며 웃겨주는 이가 있고, "힘들어 보여요" 하면서 청하지도 않았는데 어깨를 안마해주는 이도 있다.

내가 좋아하는 과일을 남모르는 곳에 숨겨두고서, 사람들 앞에 꺼내놓으면 너 실컷 못 먹을 테니까 몰래 살짝 가져가 혼자 먹으라고 일러주는 이가 있고, 과도한 업무로 누구보다도 피곤한 몸으로 늦은 시간에 퇴근하면서도, 과일 깎아줄 테니 먹으러 오라고 불러주는 이도 있다.

잦아진 나의 짜증들이 그들의 마음을 다치게 하지 않기를 바라면서, 오늘도 나는 그들에게 마음으로나마 고마워하며 또 미안해한다. 지금은 비록 몸과 마음이 힘들어 변변한 표현들도 하지 못하고 살고 있지만 세월이 흐른 후에 그들을 생각하며 지금 이 시절을 행복하게 회상할 수 있을 것이다.

이상한 아이

어릴 때 나는 참 이상한 아이였다.

나는 볕이 드는 따뜻한 장소를 좋아했다. 학교에 가서도 친구들과 잘 어울려 놀지 않았다. 아니 놀지를 못했다고 해야 옳을 것 같다. 양지바른 곳에 혼자 앉아 흙바닥을 내려다보기를 즐겼다. 그때의 기억으로는 흙바닥이라면 어디든지 살아 움직이는 것들이 있었던 것 같다. 죽어 있는 흙은 없었다. 나는 양지바른 곳에 쪼그리고 앉아 기어다니는 개미를 지켜보는 일을 지겨워하지 않았다. 그 녀석들이 가는 길을 돌로 막아보기도 하고 물고 가는 먹이를 뺏어보기도 했다. 또 운좋게 개미집을 만나면 그 구멍을 막아보기도 했다. 개미는 개미집을 막으면

날씨가 좋은 날엔 열심히 구멍을 다시 만들어 출입구를 낸다
고 어른들에게 들은 적이 있었다. 그게 사실인지 알아보고 싶
어서 개미집을 만나면 어김없이 구멍을 막곤 했다. 나는 그런
구경을 하며 한나절도 지겹다는 생각 없이 보냈다. 나의 그런
장난들에 우왕좌왕하는 개미들을 지켜보다 혼자 신기해하기
도 했다. 그런 나를 보고 친구들은 이상한 아이라고 생각했을
것이다.

초등학교 4학년 어느 가을날, 자연 수업 시간에 관찰기록
부를 적는 과제가 있었다. 그때 우리가 관찰할 대상은 화분에
심어진 송이가 꽤 큰 국화였다. 나는 관찰기록부에 열두 줄 정
도를 적었다. 국화의 꽃잎을 하나 떼어 어떻게 생겼는지까지
상세히 서술했다. 또 봄날에 양지꽃*이 한 송이 피면 그 곁에서
하루 온종일 보내기도 했다.

내가 자란 시골 마을은 지금은 형태가 많이 변했지만 예전
에 전부 다랑(계단식)논이었다. 그 다랑논들은 윗논과 아랫논
사이의 논둑이 어른 키를 훌쩍 넘을 만큼 높았다. 그 논둑에
봄이 되면 햇볕이 종일 들고 꽃이 가장 일찍 피었다. 그중에서
할미꽃*과 양지꽃이 일찍 피었는데 주로 양지꽃이 조금 더 일
찍 피었다. 겨울이 다 가기도 전에 그 논둑들을 한 줄씩 차례
로 다니며 살살이 뒤지기를 즐겼다. 그러다가 털이 복슬복슬한
양지꽃 어린 싹이 돋아나는 것이라도 본 날이면 가슴이 사정

없이 뛰었다. 며칠 뒤 그 녀석들이 꽃이라도 피우면 그 옆에 한 나절 머물며 놀았다. 배고픈 것도 해가 지는 것도 아랑곳하지 않고, 그 옆에서 아직은 차가운 샛바람에 꽃이 흔들리는 그 모습을 지켜보곤 했다. 아직도 그 장소를 기억하고 있다. 지금은 아랫논 윗논을 하나로 합쳐서 밭을 만들었지만 그때 그곳은 나의 아주 훌륭한 놀이터였다.

놀이터는 그뿐만이 아니었다. 우리 집 마당에서 바로 보이는 산에는 봄이면 진달래가 붉게 피었다. 해마다 봄은 돌아오고 그곳에 꽃이 언제쯤 피어나는지 잘 알고 있었다. 그러나 나는 한 달 전부터 틈만 나면 그 산에 달려 올라갔다. 책가방을 던져놓고 올라가면서 '혹시나 피었을지 모른다'는 기대감에 한없이 설레곤 했다. 그러나 진달래는 늘 피던 시기가 되어서야 피었다.

언젠가 선생님이 글짓기 숙제를 낸 적이 있었다. 나는 친구들과 놀았던 놀이를 소재로 글을 썼다. 놀이의 규칙과 방법, 진행 상황을 아주 상세히 적었다. 놀이 도중 친구들과 주고받은 대화들도 빠짐없이 글짓기 속에 집어넣었다. 주변 풍경도 묘사했는데 특히 하늘에 대해 아주 길게 쓴 것으로 기억한다. 그러나 나의 글을 이해하는 사람은 아무도 없었다. 선생님은 물론이고 친구들까지 의아해하기만 했다. 나는 그때의 모든 상황이 머릿속에 말간 그림처럼 펼쳐지는데, 갸우뚱하는 친구들이 도리어 이상하게 여겨졌다.

내가 쓴 풍경화는 그 누구에게도 이해받지 못했다. 어쩌면 그 글 속에 나만의 상상이 포함되어 있어서인지도 모르겠다.

나는 끊임없이 상상하는 아이였다. 십 리나 되는 등하굣길을 아무 생각 없이 걸어본 적이 거의 없었던 것 같다. 항상 뭔가를 상상하며 혼자 웃기도 하고 혼잣말을 하기도 했다. 친구들과 함께 걸을 때도 곧잘 생각에 잠기기 일쑤였다. 누군가가 들려주는 이야기로 상상의 나래를 펼치기도 했다. 숲을 이야기하면 숲을 상상하고 바다를 이야기하면 바다를 상상했다. 바다를 한 번도 본 적 없는 산골 아이인 나는, 바다보다는 숲을 더 구체적으로 상상할 수 있었다. 그러한 상상들은 상상으로만 끝나지 않았다. 깊은 밤이면 꿈속에서 나는 그 상상 속 숲에 있었다. 자잘한 푸른 나뭇잎들이 가득한 숲속에서 하얀 꽃이 피어난 풀밭을 걷기도 했고, 높은 벼랑 위에 분홍색 꽃이 홀로 피어 바람에 흔들리는 것을 보기 위해 고개를 한껏 치켜드는 꿈도 꾸었다.

수많은 상상들과 아름다운 빛깔이 다채롭던 꿈. 그런 꿈을 어른이 된 지금도 가끔 꾼다. 그리고 꿈과 상상과 현실을 혼동할 때가 있다. 요즘도 가끔은 어떤 이야기를 하면서 이게 정말 현실에서 내가 경험했던 일인지, 꿈속의 이야긴지, 그것도 아니면 나의 상상 속에서만 있었던 일인지 헷갈릴 때가 있다. 그래서 가끔 어떤 이야기를 하다가 순간적으로 멈칫하게 된다. 그때는 나 자신도 헷갈리는 순간이다.

3부

조금 느려도
괜찮아

나의

　　이정표

둘째가라면 서러워할 만큼 길치인 나는 어딘가를 찾아가는 일이 늘 힘이 들었다. 특히 단 한 번도 내 발로 걸어보지 않은, 차를 타고 갔다든지 하는 곳은 찾아가기가 더 힘들었다. 또 내가 직접 걸어서 가본 적이 있는 길이라 하더라도, 도회지 빌딩숲은 정말 다시 찾아가기가 힘들다. 이 빌딩이 저 빌딩 같고 저 빌딩이 이 빌딩 같고, 또 이 골목이 저 골목 같고, 간판도 다 똑같게 느껴진다.

　하지만 숲은 다르다. 내 발로 걸어본 숲길은 잘 잊어버리지 않는다. 딱 한 번 가본 길이라도, 또 가본 지 이삼년이 지났더라도 희한하게 다른 사람들보다 쉽게 찾아갈 수 있다. 뿐만 아

　　　　　　　가끔은 숲속에 숨고 싶을 때가 있다

니라 그 숲속의 특정 나무나 풀을 찾아가는 길도 그다지 어렵지 않다. 사람들은 "숲에 들어가면 다 똑같은 나무와 풀밖에 없는데 어찌 찾아가느냐"라고들 하지만 나에게는 그 모든 나무와 풀들이 서로 다르게 보이고 그 다른 점을 누구보다도 잘 기억하는 편이다. 사람들이 도회지의 건물과 간판들을 보고 목적지를 찾아가듯이 나는 숲속에 자라고 있는 나무들과 풀들, 그리고 바위들을 이정표 삼아서 길을 찾을 수 있다.

처음 수도권인 경기 동부지역으로 이사를 한 후에 서울의 인사동이나 종로에서 친구를 만난 적이 몇 번 있었다. 그러나 나에게는 몇 해가 지나도록 그곳을 찾아가는 일은 너무 힘든 일이었다. 지하철에서 내려서 인사동 방향으로 나가는 데만 해도 몇 번을 멈춰서 확인해야 했다. 그래도 거기까지는 별로 어렵지 않았다. 문제는 그다음부터였다. 아나나 다를까, 모든 건물이 다 똑같아 보이고 간판은 그냥 다 같은 간판으로 보였다. 간판의 색깔과 글씨로 특정한 간판을 구분해내는 일은 늘 어려웠다. 길에는 경사도가 전혀 없고 휘어지는 길의 각도는 일률적으로 90도였다. 서울이라는 이 넓은 도시의 도로가 거의 모두 그렇게 생겼다. 그런 곳에서 길을 찾아 목적지에 제대로 도착하는 일은 스트레스로 다가오기 일쑤였다.

그날도 역시 그 친구랑 인사동에서 만나기로 했다. 버스와 지하철을 번갈아 타고 목적지 근처에서 내렸다. 어느 역이든지 다 똑같이 생긴 것 같은 지하철역을 헤맨 끝에 인사동 방향의 출구를 찾아 나올 수 있었다. 그러나 그 출구를 벗어났을 때 나는 망연자실하고 말았다. 왜냐하면 도대체 여기가 어딘지 알 수도 없었고, 몇 번이나 와본 내 기억 속의 인사동과는 비슷한 구석이 전혀 없었기 때문이다. 길을 걷고 있는 사람들을 붙들고 묻고 또 물었으나, 그들의 길 안내에 "예, 알겠습니다"라고 대답만 했을 뿐 알아들은 것은 거의 없었다.

알지도 못하는 길을 걸어올라가다가 맞게 가고 있는 건지 도저히 확신할 수 없어서 친구에게 전화를 했다. 인사동길은 탑골공원 바로 옆에 있는 것이라고 했다. 인사동길을 걸어서 올라오다보면 오른쪽에 '쌈지길'이라는 표시가 있는데 그곳으로 오면 된다고 했다. 전화를 끊고 갔던 길을 다시 되돌아와서 탑골공원을 찾았다. 내 눈에 공원처럼 생긴 것은 아무것도 보이지 않았다. 또 길을 묻고 묻기를 몇 번 거듭하다가 작은 파출소를 발견했다. 어쩔 수 없이 저기 가서 길을 물어야겠다고 마음먹고 파출소로 향했다. 마침 경찰 한 분이 밖에서 커피를 마시고 있었다. 그래서 얼른 다가가서 물었다.

"저, 말씀 좀 여쭙겠습니다. 탑골공원이 어디예요?"

"바로 옆인데요."

간단한 대답이 돌아왔다. 바로 옆에 뭐가 있나 두리번거려봤지만 탑골공원은 보이지 않았다. 그래서 다시 물었다.

"그럼 인사동길은 어디예요?"

"저쪽이에요. 공원 바로 옆으로 난 길이에요."

'저쪽'이라는 손가락의 방향을 기억하려고 노력했다.

"감사합니다."

얼른 인사를 마치고 가르쳐준 방향으로 갔다. 여전히 탑골 공원은 찾을 수 없었고, 좀 전에 되돌아나온 길에 도착했다. 그 길로 접어들어서 한참을 걸었는데도 친구가 말한 쌈지길이라는 이정표는 보이지 않았다. 모르고 지나쳤나 싶어서 갔던 길을 되돌아 내려와서 또다시 올라가도 그런 표시의 길은 보이지 않았다.

'도대체 어디로 가야 하지?'

불안하고 당황스러웠다. 어쩔 수 없이 친구에게 또 전화를 할 수밖에 없었다. 도대체 어디로 가야 하는 건지 아무리 봐도 쌈지길이 보이지 않는다고 투덜거렸다. 같은 길을 몇 번이나 왔다 갔다 반복했지만 도저히 찾을 수가 없다고 했더니, 친구가 이렇게 말했다.

"야, 지금 보이는 가로수가 무슨 나무야?"

"회화나무."

친구의 질문에 나는 아주 자신 있게 대답했다.

"그럼 그 길로 그냥 쭉 걸어와. 그러면 회화나무 가로수가 끝나고 버드나무가 시작되는 곳이 있을 거야. 세번째 버드나무 아래서 내가 기다리고 있을게."

그 대답을 듣고서야 마음이 놓였다. 빠른 걸음으로 다시 그 길을 걸어갔다. 회화나무 가로수가 꽤 길게 이어져 있었다. 회화나무들은 주변 건물보다 키 커 보이려고 기를 쓰고 있었고, 그 길에는 사람도 부쩍 많았다. 얘기를 나누며 걷는 사람, 상점 밖에서 안을 구경하는 사람, 그리고 어느 나라에서 왔는지 모를 외국인들이 저마다 각자의 방법으로 길을 즐기며 걷고 있었다. 그중에서 가로수를 쳐다보며 걷는 사람은 나뿐인 것 같았다. 한참을 걷다가 발걸음을 멈췄다. 갑자기 가로수가 사라져버린 것이다. 회화나무는 없어지고 버드나무는 보이지 않았다. 당혹감이 밀려왔고 어찌할 바를 몰라서 움직일 수가 없었다. 쭉 오라고 했으니 계속 가야 하나 어째야 하나 갈피를 잡을 수 없었다. 할 수 없이 다시 친구에게 전화를 했다.

"어떡하지? 회화나무 가로수가 끝났는데 버드나무가 보이지 않아. 가로수가 아무것도 없어."

"쭉 오라고 했잖아."

"가로수가 아무것도 없다니까?"

"아 글쎄, 그냥 직진해. 그럼 버드나무가 나타날 거야."

마음이 놓이지는 않았지만 짜증이 섞인 친구의 목소리에 전화를 끊었다. 그리고 계속 걸었다. 얼마 걷지 않아서 저멀리 버드나무가 보이기 시작했다. 겨우 마음이 놓였다. 더욱 빠른 걸음으로 버드나무를 향해 걸었다. 세번째 버드나무 아래에 친구가 기다리고 있었고, 친구는 만나자마자 인사도 없이 나를 타박했다.

가끔은 숲속에 숨고 싶을 때가 있다

"너 도대체 인사동 몇번째 오는 건지 알아?"

"글쎄. 한 다섯 번은 온 거 같아."

"자랑이다. 그렇게 오고도 여길 못 찾아와서 그 난리냐? 내가 못살아 진짜."

"뭐 어떻게 해? 이렇게 생겨먹은 사람인걸. 그래도 숲길은 내가 잘 찾아가잖아."

친구의 타박을 듣고도 실실 웃었다.

나는 이렇게 도회지에서도 가로수를 이정표로 하여 길을 찾아야 편하게 빨리 찾을 수 있다. 이 방법은 나에게는 아주 좋은 방법이긴 하지만, 도회지 생활을 하는 다른 사람들에게는 무척 어려운 방법이라는 것을 알고 있다. 그들에게는 가수로가 모두 그냥 '나무'로만 보일 것이다.

우리나라의 도로에 심어진 가로수는 그다지 다양하지 않다. 조금만 관심 있게 공부하면 금세 구분할 수 있을 정도이다. 그러나 대부분의 사람들은 꽃이 피거나 단풍이 들었을 때 말고는 잘 쳐다보지 않고 살고 있다. 그냥 그 자리에 늘 있는 '그 어떤 것'에 불과한 것이 가로수일지도 모른다. 나 같은 사람에게는 아주 유용한 경우가 종종 있지만 말이다.

이런 나와 친구하려면 최소한 도회지의 가로수가 무슨 나무인지는 알아볼 수 있어야 한다는 조건이 생긴다. 그 조건을 충족할 수 있어야 둘 다 편해진다. 그러나 꼭 처음부터 그 조건

을 갖출 필요는 없다. 나무를 전혀 모르는 사람이면 내가 데리고 다니면서 가르쳐줄 수도 있으니까. 언제든지 그럴 마음의 준비가 되어 있다.

나를 닮은
아이

늦잠을 잤나? 벌써 아이들 소리가 들렸다. 낡은 현관문을 여는데 삐걱거리는 소리에 저절로 눈살이 찌푸려졌다. 쇠붙이가 서로 부딪히며 들리는 소리는 언제 들어도 반갑지 않았다. 그러나 바깥 공기가 상쾌해서 그나마 기분이 나아졌다. 한눈에 들어오는 초등학교를 내려다보고 있자니 몇몇 아이들 소리가 꽤 소란스럽게 들렸다. 그렇다 해도 저 소리가 닫힌 아파트 현관문을 통과해 아직 잠에서 깨지 않은 내게 들릴 것 같진 않은데. 꿈을 꾼 것인가?

가을 운동회가 열리는지 운동장 하늘엔 만국기가 걸려 있었다. 파란 하늘에 만국기는 예나 지금이나 별반 다르지 않았

가끔은 숲속에 숨고 싶을 때가 있다

다. 인조 잔디가 깔린 진한 초록색 운동장에 두 줄로 열을 지어 앉아 있는 아이들과 여기저기 뛰어다니는 몇몇 아이들도 보였다.

그 속에 수줍은 듯 뭔가를 망설이는 아이 하나가 눈에 들어왔다. 내 모습인가? 키가 작고 야윈 몸에 유난히 다른 아이들보다 어려 보였다. 말이 없어 일부러 찾아보지 않으면 있는지 없는지도 모르는 아이. 무조건 빨리 뛰어야만 일등을 할 수 있는 운동회 달리기에서 늘 꼴찌를 도맡았던 아이. 그 아이가 안쓰러워서 선생님은 이번에도 일부러 그 아이 몫으로 공책을 따로 준비했을까? 그래도 이번 운동회에는 운동장 한쪽 화단에 혼자 앉아 놀지 않고 아이들과 함께 있으니 그나마 다행이었다. 그 아이는 아주 천천히 어른이 되고 싶었는데 생각보다 빨리 어른이 되어버렸다.

반쯤 열린 현관문을 뒤로하고 이런저런 쓸데없는 생각들을 하며 어린 나를 내려다보고 섰는데, 옆구리에 찬 기운이 스며들었다. 돌아서려는데 운동장 가장자리에 서 있는 노랗게 물든 몇 그루의 은행나무가 눈에 들어왔다. 기분좋은 가을바람에 은행잎이 아이들 머리 위로 나풀거리며 날아다니다가 초록색 운동장 위로 간간이 떨어졌다.

며칠 후면 비가 내린다는데, 그 비가 내리고 나면 저 잎들도 다 떨어질 것이다. 그래도 저 인조 잔디의 초록빛은 계절을 무시할 것이다.

현관문을 닫고 무의식적으로 문을 잠그고 걸쇠를 걸었다. 나뿐만이 아니라 옆집에 누가 사는지도 모르다가 사건이란 것이 터져야 이웃에게 관심을 갖는 세상에 살다보면 누구나 그러리라 생각해버렸다. 잠깐의 바깥바람에 몸으로 들어온 한기가 꽤 날카로웠다. 어깨를 움츠리고 팔꿈치를 감싸안고는 몇 발짝 안 되는 걸음을 종종거리며 들어왔다. 집 안에 들어서자마자, 오래된 커피 머신에 물을 붓고 커피 가루를 넣고 스위치를 눌렀다. 커피가 내려지는 소리를 들으며 컴퓨터를 켜고 음악을 틀었다.

시간이 잠시 지났을 뿐인데 빠르게 찬 기운이 사라졌다. 바깥은 가을을 지나고 있는데 나는 잠깐 사이에 따스한 계절로 다시 돌아온 것 같았다.

지난 봄날 아까시나무❀꽃이 고향과 여기에 동시에 피었을 때 계절이 왜 이럴까 의아해했었다. 우리나라는 작은 나라지만 아래위로 긴 형태다보니 불과 300킬로미터 차이에 계절이 오고 가는 것이 달랐다. 그런데 올해는 봄에도 남부지방과 중부지방의 계절 차이를 느끼지 못하겠더니, 가을에도 별반 차이가 없는 것 같았다. 이곳 초등학교 은행나무 단풍이 그저께 다녀온 경산의 곡신마을 앞길의 은행나무와 그 빛깔의 차이가 없었다. 작은 내 아파트와 마찬가지로, 바깥세상도 가끔은 계절을 망각하기도 하는가보다.

그럼에도 가을은 가고 있고 겨울은 오고 있었다. 아직 겨울은 저만치 먼 곳에 있는데도 벌써 날씨가 춥게 느껴졌다. 어제 설악산에 첫눈이 내렸다고 하니 그럴 만도 하다 수긍했다. 아침 날씨가 추웠으니 도회지로 출근하는 사람들의 발걸음이 더 빨랐겠지. 아까 나처럼 어깨를 잔뜩 움츠리고 종종걸음을 걸었을 것이다.

모든 것이 바쁘게, 빠르게 돌아가는 세상에서 나만 너무 느린가 하는 생각을 또 한번 한다. 남들은 한창 하루 일을 시작할 시간에 게으르게 일어나서, 잘 때 입은 옷 그대로 운동장에서 놀고 있는 아이들을 바라보며 쓸데없는 생각에 잠겼다가, 음악을 들으며 커피 한잔을 마시고 있는 나.

과연 나의 속도는 보편적인 속도일까? 다른 이들의 속도를 따라야 할까? 물론 내가 정상적인 속도로 살고 있지 않다는 것쯤은 이미 알고 있다. 그러나 다른 사람들의 속도도 결코 정상은 아닌 것 같다는 생각이 드는 것은 왜일까. 한 가지 분명한 건 사람들의 속도는 계속해서 빨라지고만 있다는 것이다. 빠르게 변하는 속도를 따라가기 버거울 때가 많다. 그 속도를 꼭 따라가야 할 필요는 없지 않겠냐는 생각이 들기도 한다. 그냥 이렇게 게으른 듯 느리게 살아도 나쁠 것 같지는 않기 때문이다. 저멀리 들리는 아이들 소리에 어린 시절의 나도 회상해 가면서……

속도를 지키며 살면 좋겠는데 뭐가 그리 바쁜지 이젠 계절
마저 과속이다.

가끔은 숲속에 숨고 싶을 때가 있다

시간이
멈춘 숲

지리산에 들어온 지 벌써 셋째날이다. 이제 오르막길은 다 올라왔다. 첫날은 출발해서 늘 오르기만 했다. 무거운 배낭을 등에 지고 정신없이 올라서 치밭목산장에 도착했고 하룻밤을 묵었다. 전기도 없는 곳이라서 어두워지기 전에 식사를 마친 후 잠자리에 들었다.

아침에 일어나보니 산장이 난장판이었다. 제대로 잠그지 않은 배낭에서 밤새 쥐들이 무언가를 훔쳐먹은 모양새였다. 그리고 지금은 세석산장이다. 여기서도 하룻밤을 묵었다. 전기는 있고 쥐는 없는 곳이다. 아니, 쥐가 없다기보다 최소한 사람 눈에 뜨이지는 않았다. 치밭목산장보다 호사스럽긴 했지만,

더 운치가 있다고 하기엔 조금 아쉬웠다. 아쉬움을 뒤로하고 이제 지리산을 내려갈 일만 남았다. 그래서인지 마음이 훨씬 가벼웠다.

아침 일찍 일어나서 간단히 식사를 마쳤다. 늘 하던 대로 별생각 없이 양치를 하려고 칫솔을 찾아 들었다. 산행을 다닐 때는 양치를 해야 할 때 꼭 치약을 고집하지는 않는다. 챙기지도 않는 편이다. 그저 있으면 쓰고 없으면 없는 대로 그냥 물과 칫솔로만 양치를 한다. 산에서는 그 정도로도 충분하다고 생각하기 때문에 불편하다고 여기지 않았다.

이번 산행에도 치약은 없었고 칫솔만 들고서 물이 졸졸 흐르는 작은 개울이 있는 곳으로 갔다. 마침 물가에 어떤 남자 둘이 식사를 하고 있었다. 아침식사를 거기서 하는 걸 보니, 또 수염이 덥수룩한 것을 보니 산속에서 며칠은 족히 보낸 것 같았다.

거의 식사가 끝나갈 때쯤 그중 한 사람이 자리를 떴다. 남은 이가 나를 보더니 마침 식사를 마쳐서 커피를 마실 건데 커피 한잔하겠냐고 물었다. 나는 마셨다면서 고맙다고 인사를 했다. 그런데 사람을 만나니 괜히 치약 생각이 났다. 입안이 개운한 호사를 며칠 동안 누려보지 못한 터였다. 그에게 혹시 치약이 있으면 좀 나눠 쓸 수 있겠냐고 물었다. 그랬더니 그 사람이 자기 배낭을 가리키면서 말했다.

"요기 한번 열어보세요."

가끔은 숲속에 숨고 싶을 때가 있다

직접 찾아서 건네주지 않고 배낭을 열어보라고 하는 말에 약간은 저어했지만, 깊이 생각하지 않고 배낭에 달린 작은 주머니의 지퍼를 열려는데 그가 다시 말했다.

"거기 말고 그 앞에 더 작은 주머니에 있어요."

그가 손으로 그 주머니를 가리키는데 나는 그만 깜짝 놀라고 말았다. 눈이 마주치면 놀란 마음을 들킬 것만 같아서 고개를 숙여 땅바닥을 내려다보았다. 그러다가 또 한번 놀랐다.

처음에 놀랐던 이유는 그 사람에게 두 손이 없었기 때문이었다. 의수를 하고 있었는데 그렇다보니 지퍼를 열어야 하는 일과 같이, 손가락 근육을 움직여야 할 수 있는 섬세한 일은 직접 하기가 불가능했던 것이었다. 그래서 나더러 열어보라고 한 것이다. 두번째로 놀란 이유는 그의 오른발 역시 의족이어서였다. 의수를 보고 놀란 마음을 들키지 않으려고 땅바닥을 내려다보다가 오른쪽 다리를 보고 알았다. 그 사람은 사지 중에 오로지 왼쪽 다리 하나만 온전한 상태였다. 놀라지 않은 척하면서 오랜만에 기대하지도 않았던 호사스러운 양치를 마치게 되어 고맙다는 인사와 함께 자리에서 일어났다.

산장으로 돌아와 일행과 함께 산을 내려가는 길이었다. 내가 내려가는 길은 그들이 있던 곳에서 조금 떨어진 곳이었다. 걸어내려오면서 보니 그들은 아직 그 자리에 머물러 있었다. 자연스럽게 다시 눈길이 갔다. 그들도 다시 산을 오르려는 듯

자리를 정리하던 중이었다. 그 순간 나는 땅에 뿌리를 내린 나무처럼 멈춰 섰다. 둘 중 건강한 친구가 바닥에 무릎을 꿇은 채 몸이 불편한 친구의 등산화 끈을 고쳐 매어주고 있었기 때문이었다. 나뿐만이 아니라 지리산의 모든 풀과 나무와 새와 동물들이 움직임을 멈추었다. 정지된 숲속에서 오직 움직이는 것은 그 두 사람밖에 없었다. 나는 한참 동안 그 자리에 서 있었다. 더할 나위 없이 아름다운 가을날이었지만, 숲은 오로지 두 사람을 더욱 빛나게 하기 위한 배경에 불과했다. 나는 늘 숲을 주인공 삼아 산을 다녀왔지만 그 순간만큼은 그들이 주인공이었다. 순간적으로 '얼음' 상태였던 나를 '땡' 하고 풀어준 것은 앞서가는 일행의 빨리 오라는 재촉이었다.

앞서 가는 일행의 발뒤꿈치를 따라가기 위해 속도를 내어 부지런히 걸을 수밖에 없었다. 문득 걸음을 멈추고 다시 돌아보았으나 그들의 모습은 숲에 가려져 더이상 보이지 않았다.

그들에게는 친구의 등산화 끈을 매어주는 일이 일상적이고 별일 아닌 일이었을 수도 있을 것이다. 그렇지만, 그들이 하는 산행을 한 번도 상상해보지 못한 나에게는 그들의 산행이 커다란 일로 느껴졌다. 날씨마저 좋아서 바람까지 차분해서 더욱 찬란한 가을의 숲속에는 나뭇잎이 사락거리는 소리가 다시 들려오기 시작했다. 평생을 두고 잊기 어려운 기억 하나를 품고 내리막길을 걸었다.

가끔은 숲속에 숨고 싶을 때가 있다

그냥
자연스러운 것

조카가 물속을 가만히 들여다보더니 왜 이렇게 지저분하냐면서 눈을 동그랗게 뜨고 나를 쳐다보았다. 아이의 지저분하다는 말은 물이 오염되었다는 뜻이 아니었다. 다슬기가 기어다닌 자국들을 보고 한 말이었다. 정말 물속엔 다슬기들이 기어다닌 흔적이 헝클어진 실타래마냥 가득했다. 많은 다슬기들이 느리게 기어다니고 있었다. 조카는 처음 보는 물속 장면을 호기심 어린 눈으로 유심히 들여다보고 있었다. 조카가 그렇게 정신을 팔고 있는 사이에 몇 발짝 옮겨 또 살펴보니 다슬기가 참 많기도 했다. 뚫어져라 보고 있던 조카가 느릿느릿 움직이는 생명체를 궁금해했다. 다슬기라는 이름을 알려주면서 반딧불이가 얘들을 잡아먹고 사니까 반딧불이에게는 다슬기가 밥이라고 말해주었다. 내가 조카만 할 때도 이 개울에서 다슬기를 잡고 놀았다. 청석이라고 부르는 암반 같은 돌이 개울 바닥에 비스듬히 펼쳐져 있고, 그 위로 물이 흐르는데 돌에는 다슬기가 옛날부터 많이 있었다. 수십 년의 세월이 지났지만 상류에 오염원이 없어서 그런지 여전히 다슬기가 구석구석 돌 사이에 많이도 붙어 있었다. 고춧대를 뽑아야 하는 일은 잠시 잊어먹고, 그때 그 시절처럼 조카랑 그 개울에서 다슬기를 들여다보면서 한참 놀았다.

우리 동네에서는 '다슬기'를 '사고디'라고 부르고 '우렁이'를 '논고디'라고 부른다. 다슬기는 주로 졸졸 흐르는 개울 속의 돌에 붙어살고, 우렁이는 논바닥이나 못 바닥의 흙 위를 기며 살아간다. 봄이면 다슬기나 우렁이의 빈껍데기가 물에 둥둥 떠 있는 모습을 볼 수 있었는데, 그건 새끼를 낳고 죽어서 빈껍데기로 떠내려가는 모습이라고 했다. 새끼들은 그렇게 빈껍데기가 되어 떠 있는 엄마를 보면서 "우리 엄마 시집가네"라고 한다고 엄마가 알려주었다. 그러나 그때 나는 우렁이가 어떤 식으로 알을 품고 새끼를 낳는지 전혀 알지 못했다. 산골의 작은 마을에는 그 누구의 집에도 과학서 한 권이 없고 동화책 한 권이 제대로 없었다. 나에게는 우리 동네가 세계였고 우리 엄마 아빠 말이 교과서였고 경험이 지식이었다. 그런 마을에서 스무 해 넘게 살아가던 어느 날, TV 다큐멘터리에서 벼 밑동에 붙어 있는 붉은빛의 알을 우렁이 알이라고 하는 것을 보게 되었다. 우렁이는 새끼를 낳는데 왜 TV에서는 저것을 우렁이 알이라고 하는지 이해가 되지 않았다. 엄마에게서 듣고 내가 보았으니 우렁이가 새끼를 낳는다는 것은 의심할 여지가 없는 일이었다.

시골 사람들에게 우렁이나 다슬기는 참 훌륭한 식재료였다. 우리 마을에는 버스가 들어오지 않았고, 구멍가게 하나조차 없었다. 들에서 냉이⁕나 달래⁕를 캐서 먹고, 산에서 참취를 뜯어먹고, 고사리⁕는 꺾어서 먹고, 우렁이는 못에서 잡아먹고, 가재는 개울에서 잡아먹었다. 그렇게 주변의 자연 속에서 먹을거리를 찾아서 끼니를 잇는 것은 아주 당연한 생활이었다.

우리 동네에는 우렁이가 못마다 있었다. 마을에는 못이 세 개나 있는데, 하나는 마을 앞에 자리잡고 있는 가장 큰 못이고, 나머지 둘은 마을 안쪽 인가가 없는 곳에 있었다. 어디든 우렁이는 발에 밟힐 정도로 많았다. 짬나는 대로 못 가장자리를 한 바퀴 돌면 한 소쿠리 정도 잡는 것은 일도 아니었다. 잡은 우렁이는 물에 담가 흙을 토해내게 한 후 깨끗이 씻어서 삶는다. 그다음엔 이웃집 담장 울타리든 밭 울타리든 간에, 근처에 있는 탱자나무⁕ 울타리로 가서 묵은 가시를 따온다. 꼭 묵은 가시여야만 한다. 햇가시는 부드러워서 우렁이 속살을 빼

낼 때 자꾸 휘어지기 때문이다. 탱자나무 가시로 우렁이 속살을 폭폭 파내다보면 진흙 냄새가 나곤 했다. 그 냄새가 익숙해질 때쯤이면 맨 안쪽 꽁무니 부분에 어린 우렁이들이 잔뜩 들어 있는 것을 종종 볼 수 있었다. 알이 아니라 새끼였다. 우렁이가 포유류는 아니니 새끼를 낳을 리는 없었다. 그들이 몸속에 알을 품고 있다가 몸속에서 알을 부화시켜 낳는다는 것을 나중에야 알았다. 그렇게 어미는 몸 가장 깊고 안전한 곳에 자식을 품고 있다가 바깥세상으로 내보내는 것이었다. 어쩌면 선택의 여지가 없었을지도 모른다. 조금이라도 더 많은 자손을 생존하게 하려면 조금이라도 더 안전한 상태로 세상에 내보내야 했을 테니까. 그리고 세상에 내보낸 후에는 엄마는 자식들을 돌볼 수 없을 테니까. 그렇다보니 어미는 생명을 포기해야만 했다. 우리나라 토종 우렁이나 다슬기는 한평생 단 한번 자손을 남기고 죽는다고 엄마에게서 들었다.

이렇게 알을 몸속에 품어서 부화시켜 새끼를 몸밖으로 내보내는 것을 난태생이라고 한다. 우리나라 토종 우렁이와 다슬기도 난태생이다. 정말 우렁이가 새끼를 한 번만 낳고 죽는지 아니면 두 번 세 번을 낳는지 나는 정확히 모른다. 그저 못 바닥에 기어다니는 다 자란 어미도 보았고, 어린 새끼도 보았다. 그리고 어미 꽁무니에 들어앉은 새끼들을 본 적이 있을 뿐이다. 그러나 새끼 품은 우렁이를 본 적도 없는 사람도, 엄마에게서 시집가는 우렁이 엄마의 이야기를 들어본 적이 없는 사람도 있을 것이다. 이후에 TV에서 본 붉은 알은 유기농법으로 사용하기 위해 외국에서 들여온 우렁이였다는 것을 알게 되었다. 그 우렁이들은 난태생이 아니니 엄마를 시집 보낼 일도 없다. 벼 밑동에 붙은 붉은 알에서 태어나니 어쩌면 엄마가 누구인지 아예 모를 수도 있겠다.

어느 해 봄날에 시골길을 걷고 있었다. 함께 자연을 보고 느끼며 교감하던 친구들과 함께였다. 마을의 작은 소택지에 우렁이의 빈 고둥들이 둥둥 떠 있는 것이 보였다.

"요즘 시골에서 농사짓는 사람들이 얼마나 개념 없이 농약을 들이붓는지 농약이 흘러들어와서 우렁이가 다 죽었네."

함께 걷던 친구의 말에 나는 아무 대꾸도 하지 않았다. 그 친구들과 나는 완전히 다른 유년 시절을 보냈다. 정서가 아예 다른 것이다. 죽은 무언가를 보면 자연스러운 현상이라기보다, 사람들의 개념 없는 행동으로 그리되었을 거라고 확신하듯 말하는 사람들과 생각하는 방향이 나는 좀 달랐다. 그저 혼자서 속으로 생각했다.

'그게 아닐 텐데. 엄마 우렁이가 시집가고 있는 건데.'

비록 책 한 권 제대로 없는 곳이지만, 시골에서 태어나 그 속에서 자라며 엄마에게 들어온 이야기였다. 나에게 있어서는 엄마가 바로 동화책이었다. 세상 그 누구도 가지지 못한 아주 훌륭한 동화책.

이 아이는 자라서 다슬기를 다시 만나게 되면 무슨 생각을 할까. 다슬기가 반딧불이의 밥이라고 알려주었던 일을 떠올릴까. 어릴 때 이모랑 손 씻으러 개울가에 갔다가 다슬기를 만난 일을 기억하게 될까.

어쩌면 아무것도 기억 못할지도 모른다. 단편적으로 일부분의 영상만을 액자에 걸린 그림처럼 기억하게 될지도 모른다. 그렇다 하더라도 나는 기회가 될 때마다 이 아이에게 또 이와 유사한 이야기를 하고 싶을 것이다. 다음에 우렁이를 함께 보게 되면 시집가는 우렁이 엄마 이야기를 꼭 해줘야겠다고 마음먹었다.

늙지 말고
사소

해가 많이 짧아진 탓에 어두워지기 전에 집에 들어가고 싶어
졌다. 춥다고는 할 수 없는 늦가을이지만 스산한 바람이 느껴
져 저절로 손이 주머니로 들어갔다. 버스에서 내려 서둘러 집
쪽으로 걸었다. 이 동네를 가로지르는 도로에는 가로수가 전
혀 없다. 그 대신 다행인 것은 골목길로 조금만 들어가면 곧 산
으로 이어지는 낮은 동산들을 만날 수 있다. 그래서 이 마을이
싫지 않았다. 그렇지만 가로수가 없다보니 요즘 같은 계절에 출
퇴근하면서 낙엽을 밟아보기란 쉽지 않았다.

바스락거리는 낙엽 소리를 들으러 주말에 뒷동산에라도 가
야겠다고 생각하면서 골목을 들어섰다. 아파트 건물을 돌아

경비실이 눈앞에 보였다. 경비실 맞은편에는 자그마한 놀이터가 있고 동네 아이들의 노는 소리가 경쾌하게 들렸다. 놀이터 앞에 그다지 크지 않은 느티나무가 노랗게 물들었다가 잎을 떨어뜨리고 있었다. 나무에 붙은 잎보다 바닥에 내려앉은 잎이 더 많았다.

아파트 건물 입구를 들어서는데 엘리베이터 앞에 할머니 한 분이 서 계셨다. 일흔을 조금 넘긴 것 같은 그 할머니는, 할머니라 불리기엔 좀 억울할 만큼 고운 얼굴이었다. 엘리베이터를 탈 생각은 없는 것 같았고 그저 밖을 내다보며 오가는 사람들을 살피기만 했다. 퇴근하는 자녀를 기다리는 것 같기도 했다. 그때까지만 해도 그 할머니가 나를 기다린다는 사실을 전혀 눈치채지 못했다. 그저 나랑 같은 동에 사시는 할머니이겠거니 생각하면서 빠른 걸음을 내디뎠다. 가까이 다가가자 그 할머니가 나를 불렀다.

"이보소. 내가 부탁이 하나 있는데 이것 좀 해주소."

미처 대답을 하기도 전에 할머니는 앞장서서 걸었다. 할머니의 부탁을 들어드리고자 하는 마음이 굳이 없었던 나는 적잖이 당황스러웠다. 그런 나의 마음을 알 리가 없는 할머니는, 아랑곳하지 않고 연신 뒤돌아보면서 발걸음을 옮겼다. 나를 절대로 놓치지 않겠다는 이상한 의지가 느껴졌다.

"우리 집에 잠깐 좀 같이 가소. 테레비 뉴스 하는 데 좀 틀어주소. 아무리 눌러도 어디가 어딘지 뉴스 하는 데가 안 나와요."

나는 싫다 좋다 말할 기회도 없이 그저 따라갈 수밖에 없었다. 몇 집의 현관을 지나 어느 현관 앞에서 멈춰선 할머니는 내가 잘 따라오는지 뒤돌아보았다. 그러고는 웃으시면서 문을 열고 집으로 들어갔다.

뒤따라 들어간 집은 낮은 텔레비전 소리만이 정적 속에서 작은 인기척을 내고 있었다. 햇살조차 제대로 들어오지 않는 집 안에선 묘한 냄새가 났다. 어느 늦은 가을날 가을비에 축축해진 낙엽들이 수북이 쌓인 길을 걸을 때 나는 냄새 같았다. 그다지 향긋하지는 않지만 왠지 낯설지 않았고 한편으로는 가끔은 그립기도 하던 냄새였다.

현관에는 두꺼운 종이박스를 뜯어서 깔아놓았다. 그곳에다 얌전히 신발을 벗어놓고 들어갔다. 싱크대에는 아침 설거지인지 점심 설거지인지 모를 아직 못다 한 설거짓거리가 그대로 있었다. 빈 그릇이 많지 않은 것으로 보아 간단하게 끼니를 때우신 것 같았다. 홀로 살다보니 굳이 끼니때마다 설거지 할 필요가 없었을 것이다. 나도 가끔 밥그릇 하나, 국그릇 하나, 수저 한 벌을 설거지하기 싫어서 미루는지라 할머니의 늦은 설거지를 이해할 수 있었다.

방 한쪽에는 작은 양은 밥상이 있었는데 그 위에는 반찬 통 몇 개가 놓여 있었다. 납작한 접시 위에 찐 고구마 한 개와

고구마 껍질이 함께 있는 것으로 보아, 어쩌면 오늘 점심은 저 고구마 하나로 때웠을지도 모르겠다 싶었다.

건네받은 리모컨을 들고 채널을 위아래로 눌러보니 수많은 채널들이 있었다. 달랑 정규방송 채널만 나오는 나의 텔레비전이랑은 사뭇 달랐다. 수많은 채널이 있는 것을 확인하고서야 한번 놓친 채널을 다시 못 찾는 이유를 알 것 같았다. 돌리고 또 돌려서 겨우 뉴스 채널을 찾을 수 있었다.

"할머니, 여기가 뉴스 가장 많이 하는 데예요."

"아이고 고맙소. 소리도 좀 맞춰주소. 내가 늙으니 귀가 어두워서 잘 들리지가 않아요. 그렇다고 너무 크게 하려니 이웃집에서 시끄럽다 할까봐 그것도 걱정이고."

소리를 크게 하고 싶다는 하소연이 숨어 있는 말이었다. 여러 번 볼륨을 높였다 낮췄다 반복하고서야 겨우 마음에 드시는 모양이었다. 한참을 귀기울여 들으시더니 이제 됐다고 말씀하셨다.

"아이고, 고마워요. 늙으면 이렇게 테레비도 혼자 어찌하지 못한다오."

할머니께선 연신 고마워하셨다. 집을 나오는데 현관 밖까지 따라 오셨다. 문밖에서 안녕히 계시라고 인사를 하고 돌아섰다. 그때 아직 채 돌아서지도 않은 나의 등을 톡톡 두드리시면서 말씀하셨다.

"늙지 말고 사소."

할머니의 그 한마디가 찬바람이 되어 등을 통해 가슴으로 빠져나가는 느낌이었다. 서늘해진 가슴을 부여안는데 콧등까지 시큰거렸다. 아직은 늙는다는 말을 실감 못할 나이였는데 왠지 마음 한구석에 무거운 무언가가 얹히는 것 같은 느낌이었다.

어떻게 보면 아직도 젊은 나이지만 하루의 단출한 일상조차 버겁게 느껴지는 날이 가끔 있었다. 그럴 때마다 '나도 나이를 먹긴 먹는구나'라는 생각이 들기도 했다. 교복 입고 까불거리는 열예닐곱 먹은 아이들이 남녀 가릴 것 없이 다 예뻐 보인다는 말에 "그러면 너 나이 먹은 거야"라는 말을 듣기도 했다. '아직 한창이다'라는 말을 더 많이 듣는 나도 언젠간 늙었다는 말이 자연스럽게 여겨지는 시간이 올 것이다. 그런 말씀을 하시면서 할머니도 괜한 말이라는 것을 모르시지는 않을 것이다. 그런데도 군이 그런 말을 하는 것은 어쩌면 늙어가는 자신에 대한 위로였는지도 모르겠다.

늙지 말라는 할머니의 당부가 가슴을 시리게 했지만 나는 이십 대로 다시 돌아가고 싶은 마음도 없다. 지금의 내가 나쁘지 않다고 여기기 때문이다. 해마다 닥치는 가을에, 해마다 물든 나뭇잎을 보는데도 늘 쓸쓸하고 생경한데, 이 느낌을 이십 대로 다시 돌아가서 또 반복하고 싶은 마음이 별로 없다.

다시 눈에 들어온 느티나무의 몇 안 남은 노란 단풍 사이로 파란 가을 하늘이 보였다. 떨어진 단풍이 아까와는 사뭇 다르게 보였다. 땅바닥에서 여전히 고운 노란빛을 유지하고 있는 것은, 어쩌면 아직은 낙엽이기보다 나뭇잎이고 싶은 마음을 버리지 못한 것일지도 모르겠다. 떨어진 나뭇잎도 그 할머니도 아직은 여전히 꽤 고왔다.

손길 가는
서어나무

이제 막 해가 뜨려고 하는 아침 시간에 언니와 뒷산을 오르기 시작했다. 내가 사는 아파트는 이 동네에서 아주 오래된 아파트에 속한다. 앞으로는 상가들과 도로가 있고 주변에는 또다른 아파트들이 있는데, 너무 번잡스럽지도 않으면서 생활에 필요한 시설들은 없는 게 없는 동네이다. 그래서 별로 불편함 없이 살기에 좋았다.

우리 집 바로 뒤쪽으로는 작은 산이 이어져 있다. 그 산길을 따라 계속 가면 광릉 숲의 한쪽 자락을 만나는데, 보호되고 있는 숲이라서 더이상 들어갈 수 없게 울타리가 쳐져 있다. 뒷산이라고는 하지만 산이랄 것도 없었다. 그저 낮은 동산 정도로 약간의 오르막과 내리막을 반복하면 힘들지 않게 울타리가 쳐진 곳까지 도착할 수 있었다. 우리가 가려던 곳까지 다녀오는 데는 꽤 빠른 걸음으로도 한 시간이 족히 걸리는 거리였다. 멋진 풍경도 없고 특별할 것 없는 길이지만 아침 산책으로는 부족할 것도 없었다. 언니와 내가 자주 이용하는 산책로였다.

아파트 뒤로 난 작은 쪽문을 통과해서 간간이 향유●가 피어 있는 계단을 오르니 오솔길이 나왔다. 자주 다니는 길이지만 계절에 따라 다 다르다. 봄에는 계단 옆으로 조선현호색●들이 피어나는데 지금은 향유가 피어서 그 향기에 유혹당하기 십상이다. 허리를 숙여 향기를 두어 번 맡아보고서야 다시 걸었다. 애기나리●가 무성하던 여름 소나무●숲은 이제 제법 흙색이 많이 보였다. 나무 아래 풀들이 벌써 시들어가고 있었다. 멀리서 보는 초가을 숲은 무성해 보이긴 하지만, 숲 아랫부분에는 지금부터 내 세상이라는 듯이 벌써 가을이 가부좌를 틀고 앉았다.

숨을 색색거리며 소리봉 방향으로 걷다가 서어나무●를 만났다. 길 왼쪽에 서어나무가 자리하고 있고 오른쪽은 절개지인데 사람이 만든 꽤 높은 낭떠러지로 되어 있다. 서어나무 수피(나무껍질)는 푸른빛이 도는 회색으로 단단한 근육질을 자랑하는 나무이다. 근육질이라고는 하지만 울퉁불퉁하고 우락부락한 근육질과는 좀 다르다. 큰 근육이 발달했다기보다 잔근육들이 잘 발달한 것 같은 섬세하고 유연해 보이는 근육질

가끔은 숲속에 숨고 싶을 때가 있다

이다. 수피가 벗겨지지도 않고 그렇다고 매끄럽지도 않아서 만지면 느낌이 좋은 편이었다. 약간은 가칠하지만 손바닥에서 그 감촉이 불편하지는 않았다.

나는 유난히 수피가 아름다운 서어나무 한 그루를 골라서 쓰다듬으며 말했다.

"언니! 한번 만져봐. 수피가 아주 멋져. 음, 느낌 좋은데?"

그러다가 비틀거려 오른쪽 절개지로 떨어질 뻔했다. 순간적으로 겨우 몸의 중심을 잡아 떨어지는 참사는 면했다.

"너는 아침부터 뭘 그렇게 쓰다듬고 그래? 아무리 좋아도 그렇지. 정신 차려!"

언니도 서어나무 수피의 느낌을 알고 있었다. 왜냐하면 우리가 이런 비슷한 대화를 주고받으며 수피를 만지는 일이 처음은 아니기 때문이다.

"아이, 그러지 말고 한번 만져보라니까!"

"벌써 만져봤어."

"그랬구나. 벌써 만져봤구나."

장난스러운 표정과 눈길로 서로 마주보며 낄낄댔다. 나무를 소재로 우스갯소리를 하며 같이 교감할 수 있는 사람이 옆에 있어서 참 좋다는 생각을 하면서 또 걸었다.

소나무숲에 간간이 섞여 있던 서어나무가 점점 더 자주 보이기 시작했다. 머지않아 서어나무가 군락을 이룬 곳에 도착했다. 아직 초록을 간직한 잎사귀들 사이로 이른 단풍들이 하나씩 보이기 시작했고, 땅에도 노란 작은 잎사귀들이 떨어지기 시작했다. 소리봉으로 가까이 갈수록 서어나무는 점점 더 개체수도 많아지고 나이든 나무도 많아진다.

들어가지 못하는 저 숲속의 아름드리 큰 서어나무들도 섬세한 근육을 자랑하면서 숲속에서 누군가를 유혹하고 있을 것이다. 만져주는 사람은 없어도 나무를 오르내리는 새 동고비도 있을 것이고, 나무 속에 숨어서 하루하루 자라고 있는 장수하늘소 애벌레도 있을지 모른다. 비록 사람들이 접근할 수 없는 지역이긴 하지만, 사람이 접근할 수 없기에 불편하지 않게 잘살 수 있는 누군가도 있을 것이다. 그 숲에 사는 큰 서어나무에 누가 기대어 사는지 다 알 수는 없지만, 어떤 풍경인지는 상상할 수 있었다. 둘이서 껴안아도 모자랄 만큼 큰 나무들이 많을 것이다. 그 아래는 키 작은 나무들도 큰 나무들 사이로 떨어지는 햇살을 받으며 잘 살고 있을 것이다. 모든 땅이 비옥하지는 않을 테고 군데군데 바위가 모여 있는 곳도 있을 것이다. 그 바위 위에 푸른 이끼도 가득할 것이고, 그 이끼들 사이에 십자고사리❋며 관중❋들의 위세도 대단할 것이다. 그런 숲속에서 가장 위풍당당한 것은 서어나무일 것이다.

나의 상상 속의 숲은 늘 그렇듯이 언제나 최상의 숲이다.

내가 신경쓸 일 아니야

명절 연휴를 알차게 보내고 숲길을 따라 수목원으로 출근했다. 주변 풍경은 단풍이 들다못해 이미 낙엽이 뒹굴고 있었다. 작은 다리를 건너 직장으로 들어서니 달큰한 냄새가 코를 찌르고 자동으로 내 코는 벌름댔다. 이미 계수나무 낙엽은 많이 떨어져서 노란 잎들 사이로 섬세한 가지들이 하늘을 가르고, 땅에 떨어진 낙엽들에서 맛있는 냄새가 피어올라 공기를 가득 채우고 있었다. 그 향기에 유혹당해 냅다 숲으로 달아나고 싶어지는 날이었다.

사방이 숲인데도 불구하고 지하로 들어서야 했다. 거기가 나의 일터이기 때문이다. 컴컴한 1층 복도를 지나고 역시 어두운 계단을 하나하나 불을 켜면서 내려가면, 꼭 구렁이 입안으로 들어가는 길 같았다. 그러나 어두운 지하로 내려가는 길이 익숙해서 그런지 두렵게 느껴지지는 않았다. 평소에 잠잘 때 외에는 어둠을 그다지 좋아하지 않는다. 그러나 매일 같은 시간 같은 장소에서 경험하는 어둠은 그냥 당연히 그런 것에 불과했다.

밀린 일을 하고 비록 개인적인 일이었지만 외출도 하였고 서너 통의 전화를 받았다. 오늘도 별스럽지 않은 평범한 하루가 지나가고 있었다. 퇴근 후 몇몇 마음이 통하는 사람들과 술 몇 잔을 기울이다가 자정 가까운 시간에 귀가했다. 술을 즐겨 마시지는 않지만 가끔은 그런 자리에 끼어 앉아 있는 것이 즐거울 때도 있다. 늦은 시간에도 불구하고 건네주고 건네받은 술잔이 가볍지도 무겁지도 않아서 좋았다.

그럭저럭 하루가 지나고 도대체 무엇을 하며 오늘을 보냈는지 생각을 해보아도, 특별할 것도 없고 보람된 일도 없었던 늘 그런 하루였다는 생각이 들었다. 한편으로 생각하면, 바빴다고 할 수도 없지만 잠시도 짬이 없었던 하루였고, 그냥 하루를 온통 도둑맞은 느낌이 들기도 했다. 어제와 비슷한 하루가 지나고 있었고, 이러한 일상을 나는 바쁘다고 표현하며 살아가고 있다. 그러나 바쁘다는 엄살이 왠지 싫지가 않았다. 말 그대로 엄살이기 때문이다.

가끔은 숲속에 숨고 싶을 때가 있다

서른이 넘어서면서 내가 온전히 나 자신만을 위해 고민하고 깊은 생각에 빠지는 것은 스트레스가 아니라는 것을 알았다. 그건 행복한 것이지 힘겨운 것이 아니란 걸 안 지금은, 그런 고민을 하며 사는 내가 오히려 대견스럽기까지 하다. 예전에는 온통 주위 사람들을 신경쓰느라 나 자신에 대한 고민은 못하고 살던 시절도 있었다. 그때에 비하면 지금은 아주 단순하게 살고 있는 편이다.

요즘도 가끔은 나 외에 다른 사람의 일에 마음이 쏠리는 일들이 간간이 있다. 그렇게 마음을 쓴다고 해서 그들의 일이 해결되지 않는다는 것도 잘 알고 있다. 그럼에도 불구하고 자꾸만 예전 버릇이 나올 때도 있는 것이다. 그럴 때마다 나 자신에게 말하곤 한다.

"신경쓰지 말자. 내가 신경쓸 일이 아니야. 내가 신경쓴다고 해결될 일이 아니야. 나에게만 신경쓰고 살아도 하루를 누가 훔쳐간 것만 같은데, 조금만 더 이기적으로 살자."

이기적으로 살자는 나의 다짐을 남들이 들으면 비웃을지 모르지만, 이기적이기 위해 용기를 낸 자신이 나는 기특해서 머리를 쓰다듬어주고 싶다.

호수에도
단풍이 든다

우리 동네에는 서쪽에서 동쪽으로 난 길이 있다. 지금은 길이 포장이 되어 더 짧아지고 경사도도 더 낮아지긴 했지만 예전엔 더 변화무쌍한 길이었다. 그 길은 직선으로 쭉 뻗은 신작로도 아니고 숲길도 아니며, 숨차지 않은 평지 길도 아니다. 아랫마을까지 이어진 그 길은 약 1.5킬로미터 정도쯤 되려나. 짧다면 짧은 길이지만 요즘 사람들에게는 긴 길이라고 할 수도 있겠다. 도회지에서는 그 정도 거리의 길을 잘 걸어다니지 않는다. 버스를 타거나 지하철을 타거나 심지어는 승용차를 몰고간다. 걷는 것을 좋아하는 나에게 있어서 오 리도 못 되는 그 정도의 길은 걷기에도 모자란 길이다.

우리 동네에서 아랫동네로 내려가는 그 길에는 단 한 뼘의 직선도 없고 단 한 뼘의 평지도 없다. 서에서 동으로 나 있는 구불구불한 그 길은 어떨 때는 동남쪽으로 걷다가, 어떨 때는 동북쪽으로 걷다가, 어떨 때는 남쪽으로 휘어지기도 한다. 단 한 번도 버스라는 대중교통이 들어온 적이 없는 동네이다 보니, 어릴 적 학교 다닐 때 그 길은 걷지 않고는 갈 수 있는 다른 방법이 없었다. 어쩌다 동네 아재의 경운기라도 얻어 타면 아주 운이 좋은 날이었다. 아랫동네보다 해발고도가 높은 우리 동네에서 아침에 학교 가는 길은 그나마 덜 힘들었다. 길이 거의 내리막이기 때문이었다. 그러나 그 내리막을 위한 오르막도 간간이 있는 길이었다. 반대로 오후 하굣길은 내내 오르막길이 된다. 집으로 가는 길이기 때문에 숨이 턱에 차도록 급하게 오르지 않아도 되었지만, 그래도 동네 아이들에게 그 길은 만만찮은 길이었다. 그렇게 늦은 오후 그 길을 따라 올라오다 보면 마을 어귀에 꽤 큰 못이 하나 있다.

그 못은 동서로 길고 남북으로 좁은 형태를 하고 있다. 물을 가두어두었다가 못 아래쪽 농토에 물을 대는 역할을 주로 하는데, 아랫동네 논에 물을 공급하는 역할을 톡톡히 하는 못이다. 요즘은 논농사보다는 밭농사가 더 많아서 봄이 와도 층층이 자리잡은 논들에 물을 가득 댈 일은 없어졌다. 그 못 바닥에는 물이 퐁퐁 올라오는 수많은 샘들이 있다. 그렇다보니 아무리 가뭄이 심하여도 못이 마르는 일은 흔치 않았다. 사람

가끔은 숲속에 숨고 싶을 때가 있다

이 일부러 목적을 가지고 물을 다 빼면 모를까, 그렇지 않으면 늘 물이 가득했다. 계절에 따라 물빛도 달라지는데 주로 여름과 가을에 확연히 차이를 느낄 수 있다. 숲의 색과 비슷하게 변하는데 여름에는 푸르른 물이 가득하다가 가을이면 물빛이 계절과 비슷한 색으로 변한다. 어떻게 보면 갈색 같기도 하고 어떻게 보면 시골 할머니가 특별한 비법 없이 막 담은 진한 포도주색 같기도 했다. 가을 물빛을 보면 신기함을 넘어서서 신비하기까지 했다. 해마다 약간의 차이는 있었지만 물빛이 변하는 건 사실이었다.

어릴 적에는, 사람들이 잠자는 사이에 매봉산과 안산의 단풍들이 아무도 모르게 불어온 거센 바람에 날려서 모두 못 속으로 빠져든 줄 알았다. 그렇지 않고서야 설명하기 어려울 만큼 말간 갈색이 못 수면에 진하게 돌았기 때문이다. 그러나 세월이 흐르는 동안 봄과 여름, 가을을 반복해서 지켜보며 생각이 달라졌다. "단풍 든 나뭇잎들이 날아든 것이 아니라 물속에서 단풍이 들었구나"라는 생각을 하게 되었다.

못 속에는 다양한 수생식물들이 살고 있다. 잎이 물 위에 떠 있는 마름[●]을 비롯해서 이삭물수세미[●], 붕어마름[●], 말즘[●] 등 다 알지 못하는 침수식물들이 살고 있다. 단풍이란 늘 숲에서만 볼 수 있고 숲에만 드는 것이라고 생각하며 살았다가, 그 물빛을 해마다 지켜보며 물속에도 단풍이 든다는 것을 알았다.

한 사발 떠서 후루룩 마시면 시큼털털한 포도주 맛이 날 것 같은 그 물빛……. 나는 그 물빛을 참 좋아한다.

남북으로 난 못 둑은 아래에서 바라보면 꽤 높다. 그 못 둑을 걸어서 절반쯤 왔을 때 물을 향해 앉으면 바로 서쪽이다. 가을날 해 질 녘에 그 길을 걷는 것을 아주 좋아했다. 못 둑에는 봄이 되면 쑥부쟁이가 많이 올라왔다. 쑥부쟁이를 나물로 먹기도 하지만 그 못 둑에서 나물을 뜯어본 일은 거의 없었다. 그 계절에는 사방에 펼쳐진 산에서 더 맛있는 나물을 많이 채취할 수 있기 때문이었을 것이다.

사람의 손을 타지 않은 쑥부쟁이들은 쑥쑥 자라서 가을이 되면, 돌아가신 우리 할머니의 스웨터 색을 닮은 연보라색 꽃을 피웠다. 가느다란 줄기에 너무 촘촘하지도 너무 성기지도 않게 달린 꽃들이 물 위를 미끄러져오는 바람에 흔들리곤 했다.

가을이 깊어질수록 물빛이 갈색으로 변할수록 꽃과 잎은 서운하게도 점점 더 성기어졌다. 그때쯤이면 여기저기 듬성듬성 억새들도 꽃이 피었다. 못 둑에 앉아 역광으로 보이는 억새꽃은 햇빛 못지않게 눈이 부셨다. 가늘게 뜬 눈꼬리 끝에 붉은 햇빛이 매달렸고 그 햇빛이 다 사라질 때까지 앉아 있기를 즐겼다.

어린아이가 무슨 마음으로 거기 그렇게 앉아서 시간을 보냈는지는 지금 생각해도 잘 모르겠다. 성긴 연보라색 꽃을 뒤로한 채 곁눈으로 흐리게 보이는 억새꽃도 모르쇠하고 물과 하늘을 보며 앉아 있는 내 모습이 어땠을까? 다 자란 어른이 되어서 그런 모습을 그림으로 그리고 싶다는 생각을 한 적이 있다.

지는 해가 만들어낸 노을을 바라보는 얼굴은 한껏 붉어지고, 가을바람에 일렁이는 물결에 눈이 부셔서 가늘게 뜬 그런 얼굴을 그리고 싶은 것이 아니었다. 서쪽을 향해 구부정하게 앉은 뒷모습을 그리고 싶다는 생각을 했다. 지는 해의 아쉬운 풍경과 자잘하게 부서지는 물비늘을 무심히 바라보고 있는 내 뒷모습은 어땠을까? 나는 그 시절에 해 뜰 때의 찬란함과 해 질 녘의 찬란함에는 어떤 차이가 있는지 아무것도 모르는 어린아이였다. 그런 어린아이가 혼자서 가을에 저물어 가는 해를 보며 일렁이는 물결에 빛나는 수많은 햇살을 보며 무슨 생각을 하고 있었을까?

나이를 먹으면서 그 못 둑에 앉아서 서쪽을 바라보는 일은 좀처럼 하지 않게 되었다. 못하게 말리는 사람이 없는데도 말이다. 이제 나는, 어린 나의 그 뒷모습이 무척이나 그리운 나이가 되어가고 있다.

4부

오늘도,
파릇

오래된 빚을
갚았다

막냇동생 결혼식이 끝나고 강원도 횡성군 둔내로 올라가는 길이었다. 대구에서 둔내로 가기 위해서는 시외버스를 타고 일단 원주까지 가야 한다. 거기서 둔내로 가는 버스를 다시 갈아타고 도착한 뒤에 또 택시를 타야 집에 도착할 수 있다. 남양주에 살 때보다 거리는 가깝지만 가는 방법은 더 복잡해졌다. 남양주에 있을 때는 대구까지 늘 우등고속을 타고 다녔다. 오랜만에 타는 45인승짜리 버스가 불편하지 않을까 걱정을 했는데 나름대로 정감이 있어서 좋았다.

막바지 겨울 풍경을 구경하며 가는데 이번 휴게소에 잠시 쉬어갈 거라는 안내방송이 나왔다. 단양휴게소였다.

단양은 소백산을 오르기 위해서 몇 번 와본 적이 있는 곳이다. 소백산을 오르는 길이 여러 갈래가 있지만, 천동계곡으로 오르는 길은 단양에서 올라야 했기 때문에 이곳이 나에게는 낯설지 않았다. 소백산 산행을 위해 단양에 머무를 때는 늘 남한강이 보이는 숙소를 잡았다. 다음날 아침이면 일찌감치 출발해서 천동계곡을 따라 산행을 했다. 계속 이어진 오르막을 오르면 어느 사이에 주목 군락지에 도착하고 곧 능선에 도착할 수 있었다.

능선에서 왼쪽으로 가면 소백산의 정상인 비로봉에 도착할 수 있고, 오른쪽으로 가면 연화봉 방향이다. 그러나 늘 그 능선 언저리쯤에서 갔던 길을 되돌아 내려오곤 했다. 오르는 동안 주변에 살고 있는 식물들과 눈맞춤 하느라 상당한 시간을 소비했기 때문에 정상에 다녀올 시간이 늘 부족했다. 단양휴게소에서 단양에 대한 짧은 생각에 빠져 있다가 다시 버스에 올라탔다.

휴식 시간이 다 지나갈 때쯤 승객들이 각자 손에 군것질거리를 하나씩 들고 승차했다. 승객의 인원을 확인하고 버스는 출발했고 막 휴게소를 빠져나가려 하고 있었다. 그때 맨 뒷좌석의 젊은 남자 한 사람이 급히 버스를 세우고는 휴게소로 다시 달려갔다. 지갑을 잃어버렸다고 했다. 아마도 화장실에 두고 그냥 나온 모양이었다. 급하게 버스에서 내려 달려갔던 그 사람은 결국 지갑을 찾지 못한 채 빈손으로 되돌아왔다.

그 사람과 가장 가까운 자리에 앉아 있던 나는, 주머니를 뒤질 때 들리는 동전 소리를 들어야만 했다. 온통 신경이 그 사람에게 집중되었고, 계속해서 주머니에서 무언가 찾는 소리를 본의 아니게 들을 수밖에 없었다.

주머니를 뒤지고 있다는 것은 이 버스의 목적지인 원주가 저 사람의 최종 목적지가 아니라는 뜻이기도 했다. 나처럼 원주에서 다시 다른 버스를 타고 더 시골로 가야 할 경우 버스비가 필요할 것이라는 생각이 들었다. 일요일인 오늘 이 버스를 탄 걸로 봐서는 강원도가 일터인 것 같았다. 만약에 강원도에 거주한 지 오래되지 않았다면, '지갑을 잃어버렸으니 돈 들고 원주터미널로 좀 와달라고 부탁할 만한 사람이 없겠구나'라는 생각이 들었다.

이 일을 어쩐다. 잠시 고민을 했다. 가방에서 만 원짜리 두 장을 꺼내서 윗옷 주머니에다 넣었다. 그 사람 옆으로 갈까 말까 망설였다. '혹시 이상하게 생각하면 어쩌지? 아니, 누군가 다가와주길 기다릴지도 몰라.' 혼자 별생각을 다하면서 내가 오히려 안절부절못했다.

단양휴게소를 출발해서 원주톨게이트에 버스가 들어설 때까지 망설이고만 있었다. 몇 발짝 되지 않는 곳을 가는데 왜 이렇게 생각이 많은지 '도' 경계를 넘어설 때까지 결정을 못하고 있었다. 매사에 이렇게 망설이다가 나도 모르게 놓친 것이

가끔은 숲속에 숨고 싶을 때가 있다

많았으리라. 뒤쪽에서 한숨을 쉬는 소리가 연신 들렸다. 더 늦으면 안 되겠다 싶어서 용기를 냈다. 오래된 빚을 갚을 기회였다. 심호흡을 두어 차례 하고 용기를 내서 자리에서 일어나 그 사람에게 다가갔다.

"저기, 실례가 안 된다면 잠깐 옆에 좀 앉아도 될까요?"

평소에 낯을 많이 가리는 성격이라서 낯선 사람에게 먼저 말을 걸 때는 많은 용기가 필요했다. 꼭 필요하지 않다면 먼저 말을 거는 일은 거의 없었다. 그런 내가 용기를 냈다.

"네. 그러세요."

그 사람은 선선히 대답했다.

"저기…… 어디까지 가세요?"

"횡계까지 가요."

"그럼 원주에서 다시 시외버스 타셔야겠네요? 저기……"

나는 계속 '저기'만 되풀이하고 있었다.

"혹시 차비 안 필요하세요?"

이 말 한마디 하기가 왜 그렇게 어려운 건지. 버스가 단양에서 원주까지 올 동안 혼자 고민만 했다. 그 사람은 어색한 웃음에 얼굴까지 붉어지면서 이렇게 말했다.

"필요해요. 주머니에 잔돈이 좀 있긴 한데 모자라서……"

말끝을 흐렸다. 아까 들리던 동전 소리가 생각났다. 그때 그렇게 찾아낸 동전들로도 차비가 모자라는 모양이었다. 나는 또 한번 용기를 내서 말했다.

"이거 차비 하세요."

만 원짜리 두 장을 내밀었다.

"이천 원만 더 있으면 되는데……"

그 사람은 말끝을 흐리면서 돈을 쳐다만 볼 뿐 받지 못했다.

"제가 잔돈은 없어요."

이번에는 만 원짜리 한 장을 다시 내밀었다. 그 사람은 주저하며 받았다.

"연락처 알려주세요."

집에 돌아가서 갚을 생각인 듯했다.

"아니에요. 괜찮아요. 저도 예전에 이렇게 차비가 없어서 곤란을 겪은 적이 있어요. 그때 다른 사람한테 도움을 받았어요. 그러니까 혹시 살다가 이렇게 곤란을 겪는 사람을 만나게 되거든 그 사람한테 갚으세요."

수줍게 인사를 하고 내 자리로 돌아왔다. 얼마나 떨었는지 모른다. 얼마 지나지 않아서 원주 터미널에 도착했고 나는 버스에서 짐을 챙겨 내렸다. 그 사람도 원주에서 내렸다.

우리는 서로 가볍게 눈인사만 나누고 모르는 사람들처럼 헤어져 각자 갈 길을 갔다. 그 사람도 나도 꽤 수줍음을 타는 사람이었다.

아주 오래전에 실제로 버스에서 차비가 모자라서 곤란을 겪은 경험이 있었다. 그때는 지금처럼 교통카드가 보급되지 않

가끔은 숲속에 숨고 싶을 때가 있다

았고, 버스를 타면 차표나 토큰을 내거나 현금으로 내야 했다. 그래서 대중교통을 이용하기 위해서는 늘 주머니에 잔돈이 준비되어 있어야 하던 시절이었다.

어느 날에, 대구 시지지구에서 경산 집으로 가기 위해 버스를 탔는데 잔돈이 모자랐다. 지갑에 만 원짜리는 있는데 잔돈 이백 원이 모자라는 것이었다. 급한 상황에 할 수 없이 용기를 내어 가장 가까이 있는 사람에게 부탁을 했다. 잔돈이 모자라는데 혹시 만 원짜리를 잔돈으로 바꿔줄 수 있느냐고. 그 사람은 내게 얼마가 모자라느냐고 물었고 이백 원을 내 손에 쥐어 주었다. 나는 고맙다는 인사를 하고 그 돈으로 모자라는 차비를 낼 수 있었다. 그런 일이 있고 난 후에 버스를 타면 혹시 잔돈이 모자라는 사람이 있는지 살피게 되었다. 그러나 그 빚을 갚을 기회는 좀처럼 오지 않았다.

교통카드가 보급이 되어 더더욱 잔돈이 모자라는 사람을 만날 기회는 없어졌다. 그러다가 몇 년 전 고향 경산을 떠나 경기도로 와서 살게 되었다. 어느 날 잠실에서 광역버스를 탔는데, 어르신 한 분이 교통카드 없이 타셨다. 아마도 집을 나설 때 챙기는 걸 깜빡 잊은 모양이었다. 버스비 천 원이 모자라신 것 같아 내가 얼른 지갑에서 천 원짜리를 찾아서 꺼내려는데 앞자리에 앉은 아주머니가 빠르게 선수를 쳤다. 순간의 차이로 그렇게 빚을 갚을 기회를 놓치고 말았다.

한번 기회를 놓치고 나니 다시 수년 동안 기회는 오지 않았다. 기다리는 시간이 길어질수록 빚을 진 기억은 희미해져갔다. 그러다가 드디어 그 빚을 갚았다. 마음이 홀가분했다.

평온한 하루의 끝,
어떡하지?

추운 아침에 집을 나선다는 것은 나름대로 큰 결심이 필요하다. 따뜻한 온기가 있는 집 안에서 비비적대며 하루를 보내고 싶은 유혹은 늘 떨치기 어려운 일이다. 봄과 가을에는 나가고 싶은 마음이 승리하기 쉽지만 여름과 겨울은 그렇지가 못하다. 특히 아직 추위에 적응하지 못한 초겨울은 더욱 그러했다. 오늘은 겨울 연 밭이 그 유혹을 이겨냈다. 한여름의 영화로움이 다 사라지고 빛바랜 연꽃*의 잎과 줄기들이 꺾이어 있을 터였다. 그 모습을 보고 싶은 마음이 승리한 날이었다.

아파트 건물을 나서니 어제 내린 눈이 녹다가 추운 날씨에 다시 얼음으로 얼어붙어 길바닥은 온통 빙판이었다. 건물과 건물 사이를 걸어서 버스 정류장으로 가야 하는데, 볕이 들지 않는 동네 골목은 꽁꽁 얼어 있었다. 엉거주춤 미끄러질 듯 걸으면서 운동화를 신고 나온 걸 후회했다. 그러나 등산화로 갈아 신기 위해 다시 15층을 올라가긴 귀찮았다.

종종걸음으로 버스 정류장에 도착했지만 내가 타야 할 버스가 오기까지는 자그마치 이십육 분이나 기다려야 했다. 어쩔까 고민하는 사이 바로 옆에 있는 제일 가까운 카페가 눈에 띄었다. 저기서 커피 한잔 마시다가 버스 오는 게 보이면 바로 뛰어나와야지 생각하면서 커피 향기가 가득한 카페로 들어갔다. 밖에서 보는 것과는 달리 안은 꽤 넓었다.

카페에는 탁자도 여러 개 있고 책이 꽂힌 책장도 있었다. 버스가 도착하는 것을 보기 위해 창가에 자리를 잡고 뜨거운 아메리카노 한 잔을 시켰다. 갈색 쟁반 위에 얌전히 앉은 하얀 머그잔에서 김이 모락모락 나는 커피, 그리고 그 옆에 꽃무늬 쿠키 하나가 함께 놓여 있었다. 잠시 뜨거운 커피를 식힐 겸 나는 셀카 놀이에 빠졌다.

처음 카메라 기능이 있는 휴대폰을 가진 후에도 셀카 놀이가 쑥스러워서 아무데서나 못하고 꼭 집에서 혼자 놀았다. 그러나 이제는 크게 타인을 의식하지 않을 수 있게 되었다. 장족의 발전이었다. 세상 사람들은 나의 행동에 아무런 관심이 없다는 것을 모르는 것은 아니었지만, 누군가가 혹시 볼까봐 늘 쑥스러웠다. 물론 많은 사람들이 있는 곳에서는 아직도 쑥스러움을 이기지 못하는 편이다. 지금 여기는 나와 카페주인뿐이었다. 한참을 그러다가 따끈한 커피를 마시니 이게 웬 호사인가 싶었다.

혼자서 커피를 마시려고 이런 가게를 들어와본 적이 있었던가. 그렇게 혼자 앉았으니 이십 분이라는 시간이 너무 짧게 느껴졌다. 버스 한 대를 그냥 보냈다. 적당히 식어서 뜨겁지 않은 따뜻한 커피는 갈수록 향이 좋았다. 버스 한 대를 보낸 덕분에 한껏 여유를 부릴 수 있었다.

카페 내부 구석구석을 살피며 커피를 마셨다. 주인장의 행동도 눈에 들어오고 자리와 자리를 구분 짓는 난간 위에 앉은 인형들도 보였다. 창밖으로는 추운 날씨에 잔뜩 웅크리고 지나가는 사람들도 보였다. '나도 곧 저렇게 걸어야겠지'라는 생각을 하면서 따뜻한 실내에서 천천히 커피를 마셨다. 그러는 사이 내가 타야 하는 버스가 이제 곧 도착할 것 같은 예감이 들었다. 빈 커피잔이 올려진 쟁반을 들고서 계산대 쪽으로 갔다. 그리고 주인에게 말했다.

"저 가끔 이렇게 와서 좀 오래 앉아 있어도 돼요?"

주인이 흔쾌히 대답했다.

"그럼요."

정류장에 나오니 여전히 다음 버스는 이십 분이나 기다려야 했다. 그래서 걷기 시작했다. 한두 정거장 걷다보면 기다리는 시간이 줄어들 거니까 그냥 서서 기다리느니 걷기로 한 것이다. 세 정거장을 걸어올라간 후에야 버스는 도착했고, 추운 겨울 연 밭으로 향하는 버스에 올라탔다. 버스 안은 생각보다 따뜻했다. 차창 밖으로 보이는 인도의 빙판길과 두꺼운 겉옷에 달린 털이 복슬복슬한 모자를 뒤집어쓴 사람들이 생경할 만큼 온기에 금세 적응이 되었다. 장갑과 모자를 벗어야 했다. 큰 도로를 빠져나와 굴다리를 통과했다. 산허리를 돌자 산그늘이 나타나고 도로는 빙판이었다. 속도를 줄인 버스는 사냥하기 직전의 고양이 걸음처럼 살금살금 움직였다.

연 밭 주변 버스정류장에 사람은 아무도 없었다. 날씨는 춥고 눈이 내린 다음날이니 따뜻한 곳에서 시간을 보내는 사람들이 많을 것이다. 연 밭에는 여름의 그 초록과 화려하던 커다란 꽃들은 오간 데 없었다. 갈색도 아니고 회색도 아닌 색으로 겸손하게도 모두 허리를 숙이고 있었다. 꽁꽁 얼어붙은 물에 갇혀서 죄를 짓고 큰 칼을 찬 것처럼 바람이 불어도 흔들리지도 못했다. 기대하고 온 그 모습이었다.

손을 호호거리며 사진을 찍고, 걷는 걸음걸음마다 쌓인 눈으로 인해 발목이 푹푹 빠졌다. 발이 시려 동동거리면서 '아까 그때라도 다시 올라가서 신발을 갈아 신고 올걸' 후회를 했다. 연꽃의 시든 줄기들은 나보다 더 추워 보였다. 다 똑같이 생긴 것 같지만 꺾어진 줄기의 위치가 다르고 고개 숙인 연밥의 방향이 달랐다. 주름져 쪼그라든 잎의 색과 모양이 서로 조금씩 달랐고, 그 다른 모습들을 하나하나 살피며 사진 찍기에 여념이 없었다. 집중하느라 추운 것도 잠시 잊을 수 있었다.

문득 시계를 보니 생각보다 꽤 시간이 지나 있었다. 이제는 돌아가야겠다는 생각에 카메라를 집어넣고 버스를 타기 위해 발걸음을 옮겼다. 갔던 길을 그대로 되돌아 집에 왔고, 아무런 특별할 것이 없는 시간이 흘러서 늦은 밤이 되었다.

자려고 누워서 이런저런 생각에 잠겼다. 빨리 잠들기 위해서는 아무 생각도 하지 않는 것이 좋은데, 왜 자려고 눕기만 하면 생각들이 떠오르는 것일까. 생각이 꼬리에 꼬리를 물었다. 오늘의 커피와 그 커피를 위해 탈 수 있는데도 보내버린 버스와 추위도 잠시 잊게 만들었던 얼어붙은 연 밭을 생각했다. 그런데 순간, 망치로 뒤통수를 얻어맞은 듯 충격적인 생각 하나가 번뜩였다. 나도 모르게 상체를 벌떡 일으켰다.

'아뿔싸. 이런. 어떻게 이런 일이……'

낮에 커피를 마시고 인사만 깍듯하게 하고, 계산을 안 하고 나온 것이다. 별별 생각으로 머리가 복잡해졌다.

'도대체 그때 무슨 생각을 하고 있었길래 계산하는 것을 잊어먹고 나왔지? 주인장은 계산 안 했다는 말을 왜 안 했을까? 쟁반을 돌려주고 뒤돌아서는 내 뒷모습이 너무 당당했나? 그래서 잡아 세우기가 어려웠나? 주인장도 잊어버렸나? 그럴 리가 없을 텐데. 그때 손님은 나 하나밖에 없었는데. 그나저나 어떻게 종일 생각을 못하고 있었지? 아, 이놈의 정신머리⋯⋯.'

깜깜한 방에 앉아서 머리를 쥐어뜯었다.

결국 오늘은 어쩔 수 없다는 결론에 도달했다.

'커피값은 내일 갖다주자. 내일은 잊어먹지 말아야지.'

너무 날카롭지도 않고
너무 뭉툭하지도 않게

봄의 기미를 감지하기 쉽지 않은 늦겨울이었다. 겨우내 바깥에서의 움직임이 적어서 그런지 살도 좀 찐 것 같고 몸도 가볍지 못하다는 것을 느꼈다. 안 되겠다 싶어서 집 앞 초등학교 운동장에 가서 좀 걷기로 했다. 숲속을 걷는 것보다야 못하겠지만, 그래도 혼자서 집에 멍하니 앉아 벽만 바라보며 쓸데없는 생각들에 사로잡혀 있는 것보다 그편이 훨씬 낫겠다는 생각이 들어서였다.

한겨울 추위는 어느 정도 물러간 저녁나절이긴 하지만 집 앞에 나가는 일조차 귀찮을 때가 많았다. 마음을 다잡고 나와서 어두운 학교 운동장을 걷기 시작했다.

천천히 두 바퀴, 빠르게 한 시간, 다시 천천히 두 바퀴, 마지막으로 아주 느리게 한 바퀴만 걸어야겠다고 마음먹었다. 천천히 한 바퀴를 돌고 다시 또 한 바퀴를 시작할 무렵 뭔가가 눈에 들어왔다. 걸음을 멈추었다.

연필이었다. 검지손가락만 한 연필은 아직 쓸 만해 보였다. 연필심이 부러지지도 않았고 잘 깎여 있어서 깔끔했다. 그 연필을 주워들었다. 어릴 적 같으면 한참을 더 쓰고도 버리기가 아까웠을 것이다. 나는 연필을 보면 가슴이 아려온다. 더구나 이런 몽당연필일 때는 더욱 그렇다.

나는 일곱 살에 학교에 입학을 했다. 다른 아이들보다 나이도 한 살 어린데다가 생일도 음력 10월로 겨울이어서 더욱 어린 티가 나는 아이였다. 유난히 키도 작고 몸집도 작아서 늘 부모님의 마음을 애처롭게 했다. 비 오는 날 우산 쓰고 학교가는 뒷모습을 보면 우산에 가려져 발목밖에 보이지 않았다고 엄마가 종종 말씀하실 정도였으니까. 어린 나이에도 십 리 거리를 걸어서 학교에 다녔다. 그때는 너나 할 것 없이 동네 아이들이 전부 걸어서 다녔다.

학교에 갔다 돌아오면 늘 큰일 하나가 남아 있었다. 바로 숙제였다. 다른 아이들보다 나이가 어려서 이해력이 조금은 떨어지는 편이었다. 어른들에게 일 년 몇 개월 정도는 큰 차이가 아닐지 몰라도, 겨우 일곱 살 아이에게 일 년이 넘는 시

가끔은 숲속에 숨고 싶을 때가 있다

간은 아주 큰 차이였다. 그런 나에게 숙제하는 일은 늘 벅찬 일이었다.

어느 날에는 부모님이 농사일을 마치고 돌아와서 "숙제 다 했나?" 하고 물었다고 한다. 그때 나는 우렁차게 "다 했다"라고 대답했고, 엄마가 숙제를 살피는 중에 웃지 못할 일이 벌어졌다. 그 시절에는 '가정연락부'라는 것이 있어서 거기에 오늘의 숙제가 무엇인지 하교 후에 해야 할 일이 무엇인지 적혀 있었다. 그날의 숙제는 '국어 오늘 배운 것 다섯 번 쓰기'였다고 한다. 그런데 이해력이 떨어지는 만 다섯 살의 아이는 '국어 오늘 배운 것 다섯 번 쓰기'를 다섯 번 쓰고서 엄마에게 숙제 다 했다고 당당하게 공책을 내밀었다. 이러니 혼자 숙제를 하도록 내버려둘 수 없는 상황이었을 것이다.

늘 저녁이면 부모님은 내가 숙제하는 모습을 지켜보시곤 했다. 엄마는 숙제하는 걸 도와주시고 아빠는 늘 그 옆에서 나를 위해 연필을 깎으셨다. 내가 1학년 때는 플라스틱 필통이 유행이었는데, 분홍색의 약간 반투명한 필통을 가지고 있었다. 그 필통에 연필을 가지런하게 깎아 저녁마다 채워주시는 분은 항상 아빠였다.

우리 아빠는 연필을 너무나 잘 깎으셨다. 아빠가 깎은 연필은 심이 너무 길지도 않으면서 너무 짧지도 않았다. 또 연필심이 너무 날카롭지도 뭉툭하지도 않게 해주셨다. 심이 너무 뾰족하면 날카로울까봐 못 쓰는 종이에다 적당히 문질러서 글씨 쓸 때 부드럽게 써지도록 해주셨다. 그렇게 매일같이 깔끔한 연필을 필통에다 정리해주셨다. 연필이 짧아져서 몽당연필이 되면 볼펜대를 끼워주셨다. 그런 연필은 짧아질 대로 짧아져서 더이상 깎을 수 없을 때까지 쓰곤 했다.

지금도 부유하지 못하지만 어릴 때는 먹고살고 아이들 학교 보내면 꼭 맞는 정도의 살림살이였다. 그렇다보니 새 학기가 되어도 새 공책, 새 연필을 꿈꾸기는 쉽지 않았다. 그런 것을 꿈꾸는 것 자체가 사치였는지도 모른다. 그래서 필통 속은 항상 볼펜대에 끼워진 몽당연필이 차지하기 일쑤였고, 공책은 지난 학기에 쓰다 남은 것을 모으고 헌 공책 겉장을 뒤집어서 표지를 만들었다. 거기다가 '국어' '산수'와 같은 과목 이름을 쓰고 무명실로 꿰매어 새 공책을 만들었다. 공책 속장은 여러 종류의 공책들에서 찢어낸 것이라, 그 칸도 칸을 나눈 줄의 색깔도 서로 일치하는 것이 몇 장 되지 않았다 이렇게 헌 공책으로 새 공책을 만드는 것도 늘 아빠가 나를 위해 해주시던 일 중에 하나였다. 그래도 나는 그런 것들을 창피해할 줄 몰랐고, 새 학기가 되어 새 공책, 새 연필을 준비하는 아이들을 부러워하지도 않았다. 어린 나이에 철이 들어서가 아니라 아무것도 모르는 철부지라서 그런 것을 비교할 줄조차 몰랐을 것이다.

운동장에 떨어진 짧은 연필을 주워들고 보니 그때의 아빠 모습이 저절로 그려졌다. 연필을 어릴 때처럼 잡아보았다. 허

가끔은 숲속에 숨고 싶을 때가 있다

공에다 글씨 쓰는 흉내도 내보았다. 짧기는 하지만 못 쓸 정도
는 아니었다. 이리저리 만지다가 냄새를 맡아보았다. 연필에서
나는 냄새는 예전이나 지금이나 별반 달라진 것 같지 않았다.
아빠가 연필을 깎으실 때 사각사각 소리와 함께 나곤 했던 어
린 나의 코끝을 스치던 그 냄새 그대로였다.

연필 말고도 이 냄새와 비슷한 냄새를 알고 있다. 백리향
의 잎들을 손바닥으로 쓰다듬으면 손바닥에 남아 있는 냄새
가 이와 비슷했다. 아버지와 연필의 추억을 백리향의 향기에
서 다시 만날 수 있다는 것은 나에게는 적지 않은 즐거움이었
다. 언제나 반가운 일이기 때문에 백리향을 만나면 늘 쓰다듬
어 향기를 맡아보곤 했다. 연필 향기가 그리워서 더욱 그러했
는지도 모른다.

저녁마다 필통을 가지런히 채워주던 젊은 아빠는 세상에
서 제일 잘생긴 아빠였다. 이젠 평생의 고된 농사일에 많이 늙
으셨고 예전의 미남자 모습은 세월 속으로 사라졌다. 그러나
지금도 '세상 아버지들 중에 제일 미남인 아버지는 우리 아버
지'라는 생각은 변함이 없다. 아버지의 손도 예전에 나를 위해
연필을 깎으시던 그때 그 시절보다 많이 거칠어졌다. 그 손에
는 아직도, 나를 위해 늘 연필을 깎으시던 아버지의 모습이 남
아 있을 것이다. 아버지는 그 느낌을 기억하고 계실 것이다.

운동장에 떨어진 작은 몽당연필, 아무도 눈길조차 주지

않았을 그 몽당연필을 슬쩍 주머니에 집어넣었다. 오래된 좋은 기억 하나가 내 주머니로 들어왔다. '볼펜대에 끼워서 더 이상 깎을 수 없을 때까지 써야지'라고 생각하면서 만지작거렸다. 잊어버리고 살았던 젊은 아버지를 떠올리게 해준 연필이었다.

가끔은 숲속에 숨고 싶을 때가 있다

배추꽃이
피었다

배추꽃*을 본 적이 있는가?

내가 배추꽃을 피웠다.

해마다 한여름이면 배추를 심는다. 올해도 어김없이 여름에 배추를 심었다. 배추 심는 시절은 일 년 중에 가장 더운 시기이다. 김장에 사용할 배추는 포트(모종그릇)에 씨를 심어서 적당한 모종으로 자라면 밭에 옮겨 심는데 일부는 밭에다 바로 씨를 뿌린다. 그 배추는 잘 키워 데쳐서 나물로도 먹고 물김치로도 먹는다.

　우리 집 배추밭은 산골짜기 안쪽에 있는 볕이 잘 드는 밭이다. 그 옆엔 작은 못이 하나 있는데 가끔 헤엄치는 유혈목이를 볼 수 있는 곳이기도 하다. 여름이면 수많은 나비잠자리가 날아오르기도 한다. 그 못이 있어서 가뭄이 심해도 배추는 목마르지 않을 수 있다. 배추를 돌보는 것은 오로지 부모님의 몫이다. 쪼그리고 앉아 달팽이도 잡고 배추흰나비 애벌레로 잡아야 한다. 그런 수고로움으로 덕을 보는 이가 나 말고 또 있다. 바로 고라니다. 고라니는 야행성이라고 하지만 낮에 활동하는 모습을 자주 볼 수 있다.

채소밭은 고라니에게 수고는 적게 하고 많은 먹이를 취할 수 있는 아주 효율적인 장소다. 고라니는 그것을 아주 잘 알고 있어서 채소밭에 자주 출몰한다. 그래서 다 뺏길 수는 없어서 밭 가장자리에 그물 울타리를 쳐놓는다. 부모님은 틈날 때마다 배추를 돌본다. 밭에 바로 씨를 뿌린 배추는 한 달쯤 후부터는 먹을 수 있다. 그러나 김장용으로 심은 배추는 겨울이 올 때까지 돌봐야 하는데 여간 일이 아니란 것을 나는 잘 알고 있다. 엄마를 도와서 애벌레를 잡으려 시도해봤지만, 너무 힘들어서 과하게 엄살을 피워 밭에서 벗어난 적이 여러 번 있었다. 그렇게 키운 배추가 늦은 가을 어느 날에 나에게 도착했다. 야물게 자란 배추는 쌈배추로 먹기 좋았다. 겉잎은 이미 다 제거되어 있었고 바로 씻어서 먹을 수 있었다. 잎을 한 장 한 장 따다가 맨 안쪽에 있는 먹기 애매한 조그마한 잎들을 보고 갑자기 생뚱맞은 생각을 했다.

'한번 키워볼까? 흙이 없는데 어떻게 키우지?'

노랗고 아주 작은 배춧잎이 서로 모여 떨어지기 싫어하는 모습을 내려다보며 고민했다. 수납장에서 하얀 작은 접시를 꺼내고 물을 적당히 부었다. 그러고는 엄지손가락보다 키가 더 작은 배추를 앉혀두었다.

하루가 지나자 노랗던 작은 잎들의 가장자리가 연두색으로 변하기 시작했다. 도무지 쓸모없을 것 같던 그 녀석의 잎은 시간이 갈수록 점점 녹색으로 짙어지며 제법 예쁜 배추의 형태를 갖추어갔다. 가끔은 물이 다 말라버린 것도 모르고 지낼 때도 있었다. 그러다가 힘없이 널브러진 잎을 발견하고 '아차' 싶어서 다시 물을 부어주었다. 그러면 언제 그랬냐는 듯이 금세 잎에 힘이 들어갔다. 이런 일은 한 번으로 끝난 것이 아니었다. 여러 번 반복해야 했고 그때마다 무심한 나 자신을 탓했다. 그러는 사이에 도무지 자랄 것 같지 않던 잎들이 자랐고 그 속에서 줄기가 나와 자라기 시작했다. 설마 하는 마음으로 더욱 관심을 가졌다. 그러다가 한 달쯤 지났다. 무지 추운 어느 날에 배추가 꽃을 피웠다. 흙 한 줌 없이 그저 물만 주었는데도 나에게 꽃을 보여주었다.

귀엽고 노란 꽃이었다. 물만 먹고 자라서 왜소하고 가냘팠지만 '나도 꽃 피울 줄 알아요'라며 항변이라도 하듯이 기대보다 고운 꽃이 피었다. 들여다보고 또 들여다봐도 신기하기만 했다.

해마다 심는 배추였지만 한 번도 꽃을 본 적은 없었다. 김장을 하는 초겨울에 다 뽑기 때문이다. 텃밭에 키우는 채소들은 꽃을 피운 적이 있다. 엄마가 꽃을 보기 위해 몇 포기는 먹지 않고 관상용으로 키우기 때문이었다. 그렇게 키워서 상추는 씨를 받기도 했다. 그래서 상추꽃이나 쑥갓꽃은 본 적이 있지만 배추꽃은 처음 보았다. 먹을 줄만 알았지 꽃을 볼 목적으로 관심을 가진 적이 없었다. 작은 접시에 앉힐 때만 해도 설마 꽃을 피울 거라고는 기대도 안 했었다. 다만 잎들이 자라는 모습을 볼 수 있겠지 생각했다. 그 모습을 보는 동안에 작은 위안을 받을 수 있을지도 모른다는 실낱같은 희망은 있었던 것 같다.

물을 줄 때 늘 기분이 좋았고 짧은 순간이지만 행복을 느꼈다. 그 짧은 순간들이 합쳐져서 꽤 큰 행복을 얻었다. 부모님이 씨 뿌리고 돌본 채소가 멀고먼 경기도까지 와서 꽃까지 피울 줄이야. 씨 뿌린 부모님도 몰랐을 것이고, 나도 몰랐고, 당사자인 배추도 몰랐을 것이다.

이십 년 지기를
보내며

저녁나절 설거지를 하기 위해 싱크대 앞에 섰다. 식사 후에 바로 설거지를 했다면 좋았겠지만 음식을 만드는 일은 괜찮지만 설거지를 하는 일은 늘 귀찮은 일이었다. 그래서 미루다가 더이상 어쩔 수 없다 싶을 때가 되어서야 하는 경우가 많았다. 하루 일과 중에서 중요하진 않지만 하지 않으면 안 되는 일이고, 그런 일로 소비하는 시간이 적지 않았다.

　나는 설거지를 할 때 주로 순서가 정해져 있다. 씻은 식기들을 놓는 위치와 순서도 질서가 있었다. 밥그릇과 국그릇, 물잔과 접시가 놓이는 자리가 항상 정해져 있었다.

　오늘도 평소처럼 머그잔을 먼저 집어들었다. 손잡이를 잡아 들어올리는데 손에서 미끄러져 그만 다른 그릇에 부딪혀버렸다. 순식간에 손잡이가 뚝 부러졌다. 별안간 눈앞이 캄캄해지고 멍해졌다. 정신을 차리고 나니 손잡이는 왼손에 쥐어져 있고 컵의 몸통은 개수대 안에 떨어져 있었다. 그나마 몸통이 부서지지 않고 온전한 형태 그대로였다. 그다지 높지 않은 곳에서 부딪혀 떨어졌기 때문에 손잡이만 몸통과 분리된 것이었다. 넋을 잃고 그렇게 컵을 바라만 보고 있었다. 슬펐다. 나도 모르게 눈물이 흘렀다. 부러진 손잡이만 손에 잡은 채 싱크대 앞에 주저앉아서 한참 동안 울었다.

이십여 년 전 늘 다니던 단골 화장품 가게에서 화장품을 사고 사은품으로 받은 머그잔이었다. 그다지 예쁘지도 않고 고급스럽지도 못했는데 그래서 사용하기 더 편했을지도 모른다. 손에 잡히는 느낌이 편하고 뚜껑이 있어서 습관적으로 사용해왔다. 습관이 얼마나 무서운지 이십 년이란 세월을 함께했다. 돈을 주고 산 것도 아니고 귀한 사람에게 선물 받은 것도 아니지만, 오랫동안 손때가 묻은 물건이어서 서운한 마음을 감출 길이 없었다. 한참을 앉아서 울다가 서운한 마음을 친구에게 문자로 보냈다.

—나랑 이십 년을 함께 살아온 머그잔을 지금 막 깨트려먹었어.

짧은 문자에 마음이 다 전해질 리 없지만 슬픈 마음을 가득 담아서 문자를 보냈다.

—인생이 그렇지 뭐.

　컵 하나에 인생 운운하는 답이 왔다.

　—그래도 너무 서운해.

　—새로운 놈이 오겠지.

　친구의 답은 간략했고 메마르게 들렸다. 눈물까지 흘린 내 마음이 제대로 전해지지 못한 것 같았다.

　다른 사람들이 생활용품 하나를 얼마나 오래 쓰는지 잘 알지 못한다. 나의 경우에는 작은 생활필수품이라도 그것이 제 기능을 못할 만큼 망가질 때까지 쓰는 편이다. 좀처럼 버리는 법이 없고 새로운 것을 사지도 않는다. 어쨌든 작은 쓸모라도 있으면 쉽게 버리지 못하는 성격이다. 기본적으로 검소한 성격이지만 그렇다고 그게 다는 아니다. 새롭고 신선한 느낌보다 익숙하고 편안한 느낌을 더 좋아하는 편이다.

　그건 인간관계에서도 마찬가지이다. 낯선 사람들을 만나서 익숙해지기까지의 그 불편함을 견디기 힘들어하는 편이다. 불편함을 해소하기 위해 안 그런 척하며 먼저 말을 걸고 먼저 웃어주어야 한다는 의무감마저 느끼는 것이 나의 성격이다. 그런 의무감이 나에게는 꽤 힘든 일이었다. 그건 나이를 먹어도 변하지 않았다. 변한 것이 있다면 애쓰는 정도가 좀 줄어들었다는 것이다. 나 스스로 인간관계에서 조금이라도 덜 힘들기 위한 자구책이었다. 그렇다보니 당연히 오래된 사람이 편했다.

나의 속내와 성격을 그대로 드러내기에는 시간이 오래 걸리는 편이었고, 수년을 알고 지낸 사람들도 나를 제대로 알지 못하는 경우가 지금도 많다. 그래서 나에게는 '오래된'이라는 의미가 중요했다. 깨트린 머그잔뿐만 아니라 가구들과 가전제품들, 생활에 쓰이는 작은 물건들도 나이가 상당히 많은 편이다.

작년 여름 무지 더운 날이 지속되던 때에 4박 5일 출장을 다녀왔더니 냉장고가 사망해 있었다. 내가 집에 없을 때 혼자 쓸쓸히 간 것이었다. 그때도 냉장고 안에 든 음식들은 생각이 나지도 않고 그저 서운한 생각에 냉장고 앞에 한참을 서 있었다. 고치려고 여기저기 알아보았으나 나와 함께 십팔 년을 지낸 그 냉장고는 이제 늙어서 노환으로 돌아간 것이라고들 했다. 그래서 할 수 없이 다른 냉장고를 들였다. 냉장고를 설치하러 왔던 모 전자회사 직원이 사망한 냉장고의 상표를 보더니 "이렇게 오랫동안 냉장고를 쓰시는 손님 같은 분이 너무 많으면 우리는 굶어죽어요" 하며 웃었다. 그렇게 작년에는 십팔 년지기 친구 하나를 떠나보냈고, 올해는 나의 부주의로 이십 년지기를 다치게 했다.

서로 말과 행동으로 교감을 나눈 적은 없었지만 손에 잡히는 느낌, 적당한 양의 물을 담았을 때 그 무게감, 물을 마실 때 입술에 닿는 느낌, 그런 것들로 많은 소통들이 있었다. 물이 옆에 있어야 마음이 편했기 때문에 집 안에서도 자리를 옮길 때마다 컵을 들고 다녔다. 컴퓨터를 사용할 때는 그 옆에서, 잠을 잘 때는 머리맡에서 항상 나를 지켰다.

새로운 물건을 들여야 할 것이고 둘이서 또 익숙해질 시간이 필요할 것이다. 서로 편해지려면 시간이 얼마나 걸릴까. 너무 많은 시간이 걸리지 않았으면 좋겠다.

폭설 스케치

아침에 일어나보니 눈이 내렸길래 다른 날보다 삼십 분이나 일찍 집을 나섰다. 집에서 내다볼 때와는 달리 눈이 상당히 많이 내렸고 또 계속해서 하늘에서는 솜뭉치만 한 함박눈이 쏟아지고 있었다. 정류장에 서서 아무리 기다려도 버스는 오지 않았다. 기다리다못해 늦을 거라고 전화를 하고 막 전화를 끊는데, 모퉁이에서 버스 한 대가 내려오는 것이 보였다.

버스는 이미 한 사람도 더 탈 수 없을 정도로 꽉 차 있었다. 정류장에서 나와 함께 버스를 기다리던 수많은 사람들이 전부 올라탔다. 탔다기보다 마구잡이로 욱여넣다시피 하고는 버스가 출발했다. 온전한 자세로 서 있지 못해 몸이 비틀어지고 꺾어지고 하다보니 허리가 아파오기 시작했다.

버스는 출발했지만 두 정거장 가는 데 자그마치 사십 분이나 걸렸다. 버스 안에는 갖가지 전화벨이 끊임없이 울리고 있었고 또 많은 사람들이 어디론가 전화를 걸고 있었다. 그 내용은, 눈 때문에 도로가 엄청나게 밀려서 아니 밀린다기 보다 거의 주차해 있는 상태라서, 제시간에 도착하지 못하고 많이 늦겠다는 그런 내용의 대화였다. 목소리만 다를 뿐 많은 사람들이 모두 같은 내용의 통화를 한꺼번에 하고 있었다. 급기야 일부 사람들은 아무래도 못 가겠다는 전화를 하고 정류장마다 내리기 시작했다. 그러나 또 그 정류장에서는 버스를 애타게 기다리던 사람들이 꾸역꾸역 들어왔다.

걸어갈 수 있는 거리라면 당장 내리고 싶은 충동을 느낄 정도로 버스는 움직일 줄 몰랐다. 할 수 없다는 생각이 들어서 아무래도 오늘은 못 가겠다고 전화했다.

주차장이 되어버린 도로 위에서 꼼짝 못하고 있다가 느리디느리게 움직인 버스가 겨우 다음 정류장에 도착했다. 나는 미련을 두지 않고 내렸다. 숨통이 트이는 것 같았다.

버스 밖에서 바라본 도로는 꽤 재밌는 모습을 하고 있었다. 버스 안에서 고통을 감내하고라도 학교나 회사로 가고 있는 사람들에게는 미안한 말이지만, 길게 늘어선 하얀 세상이 급한 마음들과 달리 느리게 움직이는 모습에 나는 흥미를 느꼈

가끔은 숲속에 숨고 싶을 때가 있다

다. 아주 큰 애벌레가 도로 위를 꿈틀거리고 있는 것처럼 보였다. 세상이 모두 눈을 뒤집어써버린 모습에 도로 위의 차들도 몽땅 흰색이고 도로도 흰색이었다. 세상에 대한 경계를 위해 또 생존을 위해 보호색을 띤 거대한 하얀 애벌레가 기어가고 있는 듯했다. 그런 꽉 막힌 도로를 바라보는 그 잠깐 동안 나는 딴 세상에 있는 것 같았다.

버스 안에 있을 때는 교통대란에 옴짝달싹 못하는 어쩔 수 없는 도회지인들 사이에 한 사람이었는데, 버스에서 내려 줄 지어 서 있는 수많은 자동차를 바라보는 동안 나는 이방인이었다. 그때야 비로소 눈 내린 겨울날의 낭만을 느낄 수 있었다. 눈을 한 움큼 거머쥐고서 단단하게 다진 후 이리저리 몇 번만 굴려도 금방 농구공처럼 커질 것이다. 금세 눈사람 하나가 만들어지겠구나 싶었다.

버스 속 수많은 사람들이 나를 지켜보고 있는 것 같았다. 용기 있게 버스에서 내린 나를 부럽게 바라볼 것 같은 착각이 들었다. 내가 눈사람을 만들면 사람들이 약오를지도 모를 일이었다. 인간이라는 먹이를 배가 터질 만큼 먹고서 거대해진 애벌레가 도로를 기어가는 모습을 잠시 감상하다가 가차없이 돌아섰다. 탈출을 감행한 나는 돌아가는 버스를 기다릴까 어쩔까 하는 한 치의 망설임도 없이 본능적으로 집 방향으로 걷기 시작했다.

도로 가장자리를 걸으면서 혹시 눈길에 미끄러지는 차가

나를 덮칠지도 모른다는 불안감은 잠시 만에 잊혀졌다. 종아리가 푹푹 빠지는 길을 걷고 또 걸었다. 배부른 애벌레들의 속도는 나의 걸음보다 느려서, 지금 이 순간만큼은 내가 제일 빠른 존재라는 생각에 약간은 들뜬 마음으로 걸었다.

함박눈은 눈을 못 뜰 정도로 계속해서 쏟아지고 있었다. 강아지마냥 깡충깡충 뛰고 싶은 충동이 생겼다. 어쩌면 눈이 오는 날에 가장 재미나게 노는 것은 강아지일지도 모르겠다. 지금 도로 위를 기고 있는 저 수많은 자동차들 속에 있는 사람들은 과연 이 순간에 낭만을 느낄 수 있을까. 오랜만에 내린 많은 양의 눈이 그저 불편하고 거추장스럽게 느껴질 것이다. 나도 버스를 탈출하기 전까지는 그랬다. 그러나 지금은 상황이 바뀌었고, 이 길 위에서 나를 제외한 수많은 사람들이 곤혹을 치르고 있다는 사실을 한순간에 잊어버렸다. 까마득히 먼길이지만 집으로 돌아가는 길이 즐거웠다.

아무도 걷지 않은 눈길을 한발 한발 부지런히 걸었다. 이런 눈길을 걸어본 적이 언제였던가. 최근 몇 년 동안에 이렇게 눈이 많이 내린 적이 없었다. 쌓인 눈이 발을 다 집어삼키는 바람에 아예 발등을 볼 수가 없었다. 신발은 물론이고 바짓가랑이까지 젖고 있었지만 일부러 눈 깊은 곳을 꾹꾹 밟으며 장난을 쳤다. 아마도 이런 폭설을 경험하려면 앞으로 또 수년을 더 기다려야 할지 모른다. 아니 더 오래 기다려야 할지도 모른다.

눈이 많이 내리지 않는 겨울이 지속되고 있으니까. 그러니 '지금이라도 실컷 즐겨두자'는 생각으로 신나게 장난질을 하며 걸었다.

당신은
아세요?

혓바닥이 벌겋다못해 시커멓게 되도록 따 먹던 진달래꽃 맛을 아세요?

솜양지꽃♣ 뿌리를 캐어 껍질을 벗기고 꼭꼭 씹던 맛을 아세요?

산중턱 다랑이 논가에서 아버지가 잘라다가 껍질을 쓱쓱 낫으로 벗겨주시던 송기 맛을 아세요?

막 피어나려고 준비하는 띠♣의 어린 꽃을 껌처럼 질겅질겅 씹던 맛을 아세요?

장독대 사이사이에 떨어진 감꽃♣을 주워먹던 맛을 아세요?

인동♣이며 꿀풀♣이며 그 꽃을 따다가 쪽쪽 빨 때 혀끝에 와

닿는 향긋하고 달콤한 꿀맛을 아세요?

풀숲을 헤치며 따다가 참새귀리* 줄기에 방울방울 꿰어 하나씩 뽑아 먹던 뱀딸기* 맛을 아세요?

빨갛게 익어 투명한 과육 안으로 씨가 비칠 듯 말 듯한 멍석딸기* 맛을 아세요?

마당에 떨어진 밤톨만 한 푸른 감을 주워서 작은 단지에 소금물을 붓고 삭혀 먹던 풋감 맛을 아세요?

모깃불로 피워놓은 벌건 보리까락 속에 쑤셔박아 구운 햇감자 맛을 아세요?

아직 덜 여문 열매를 따다가 겉껍질을 벗기고 속껍질도 벗기고, 겨우 콩알보다 조금 더 큰 별맛 없는 개암* 맛을 아세요?

덜 익은 콩꼬투리를 가마솥에 푸욱 쪄서 식구 수대로 둘러앉아 까먹던 풋콩 맛을 아세요?

약초 캐러 산에 가셨던 할머니가 따다주신 머루*, 다래* 맛을 아세요?

익을 대로 익어서 쩍 벌어진 껍질 사이로 먹을 것보다 씨가 더 많은, 그래서 씨도 삼킬 수밖에 없는 달짝지근한 으름* 맛을 아세요?

벼가 한창 익어가는 가을날에 콜라 빈 병에 가득 잡아다가 볶아 먹던 벼메뚜기 맛을 아세요?

찬바람에 얼었다 녹았다 또 말랐다 얼었다가를 반복해서, 쪼글쪼글 주름이 잡히고 떫은맛은 간곳없이 달콤하고 쫀득한 고욤* 맛을 아세요?

가뭄으로 바닥이 보이고 아직 얼지 않은 겨울 못 바닥에서 호미로 캐어 먹던, 껍질은 검으나 속은 우윳빛이던 올방개 맛을 아세요?

한겨울 장작으로 군불을 때고 난 후, 벌건 숯불 속에 묻어 익힌 군고구마 맛을 아세요?

나는 다 알아요!

완벽한
적당함

휴가 겸 여행 겸 제주에 있는 친구 집에 머무르던 중이었다. 어젯밤에는 비가 내렸다. 아직도 하늘은 흐리고 비가 부슬부슬 내리고 있었다. 계획한 일이 있어서 집을 나서야 했다. 끄물거리는 날씨 탓에 나갈까 말까 망설여지기도 했지만, 입맛에 맞는 커피를 한잔할 생각으로 마음을 다잡고 집을 나섰다. 문을 여닫기만 하면 되는 도어록을 가진 친구 집 현관을 내 집처럼 열어젖혔다. 열쇠를 챙기지 않아도 되니 편리했다. 집을 나서서 길만 건너면 바로 바다가 보이는 곳이다.

금세 바닷가에 도착했다. 인증샷을 찍기 좋은 등대가 보였다. 빨간 목마와 하얀 목마가 약간은 삐진 것 같은 형상으로 살짝 서로 어긋나게 바라보는 모습이 오히려 자연스러워 보였다. 망설이던 사이 구름이 약간 옅어져 있었다. 구름 사이로 파란 하늘이 아주 살짝 비치기도 했다. 그사이에 근처 있던 사람들이 제법 바닷가로 나왔나보다. 여기저기 삼삼오오 또는 혼자서 거니는 사람들이 보였다.

휴대폰을 삼각대에 고정하고 사진을 찍는 어린 연인들도 보였는데 배경이 예쁜 곳에 카메라를 설치하고 타이머를 맞춘 다음, 둘이서 손을 잡고 얼른 계획한 위치에 가서 남자친구가 여자친구를 번쩍 안아올렸다. 잠깐 멈췄다가 얼른 여자친구를 내려놓고서 카메라 쪽으로 뛰어갔다. 찍힌 사진을 보더니 별로 마음에 안 드는 모양이었다. 또다시 같은 행동을 반복했다. 그 주변에서도 혼자서 사진을 찍느라 전화기를 들고 이리저리 위치를 바꾸는 사람들이 더러 보였다. 아무 생각 없이 발밑 모래를 보며 걷기만 하는 사람도 있었다. 저 사람들 중에는 나처럼 다른 사람들을 몰래 구경하는 사람도 있을 것이다.

요즘은 혼자 여행을 다니는 이가 많아졌다. 예전에는 혼자 밥을 먹거나 혼자 바닷가를 산책을 하는 사람을 보면 이상하게 여겼는데, 이젠 그런 사람을 봐도 별로 관심을 두지 않게 되었다. 수줍음을 많이 타는 사람 중의 한 사람으로서 참 바람직한 일이 아닐 수 없다는 생각이 들었다. 이 바닷가에도 나처럼 혼자 걷는 사람들이 많지만 아무도 그들에게 관심을 두지 않았다. 어쩌면 지금, 이 순간에 다른 이들도 나와 같은 생각을 하며 걸을까? 젖은 모래사장을 걷는데 바람이 잦아들어서인지 파도가 부드러워졌다. 괜히 좀더 바다 쪽으로 걸어보았다. 적당히 파도와 거리를 두고서 걸었다. 신발이 젖는 것은 곤란하기 때문이었다. 멀리 보이는 파란 지붕의 카페에서 커피 한잔 마시고 해변을 걸어야겠다는 계획을 하고 있었다. 시작도 하기 전에 신발이 젖는 불상사는 막아야 했다. 하얀 포말과 적당한 거리를 두고 밀당을 하며 걸어서 해변 끝자락에 있는 카페에 도착했다.

　작은 문을 열고 들어선 카페의 입구 바닥에는 물이 흥건했다. 아마도 밤에 내린 비로 인해 배수가 잘 안 된 모양이었다. 주인이 출근해서 닦은 흔적이 있었지만 금세 또 물이 배어나온 듯 보였다. 날씨가 좋지 않고 문 연 지 얼마 안 되어서 그런지, 해변이 바로 보이는 테이블에 남자 손님 한 사람만이 앉아 있었다. 얼른 그 옆 테이블에 앉았다. 제주에 와서 친구네 집에 머물 때 자주 오는 카페지만, 바다가 바로 보이는 이 테이블을 차지하기는 쉽지 않았다. 뒷자리에서도 바다를 볼 수 있기는 하지만 눈에 걸리는 것이 더 많았다. 시원하게 보기에는 앞자리 두 개의 테이블이 제격이었다. 간격이 2미터도 채 안 되지만 보이는 시야에는 꽤 차이가 있었다. 커피를 한 잔 시키고 외투를 입은 채 주머니에 손을 깊이 찔러넣고 의자에 깊숙하게 앉았다. 잠시 멍하게 있는 사이에 커피가 나왔고 드디어 사색에 빠질 준비가 다 되었다.

제주 사람들은 특성이 그다지 친절하진 않은 것 같았다. 그러나 그것은 지역의 특성일 뿐이지 나쁜 것은 아니라는 나의 생각이다. 그런 특성이 더 편한 나 같은 사람들도 있을 것이라고 믿었다. 젊고 키가 큰 주인장은 집중을 해서 커피 한 잔을 직접 내려주고는 손님에게 관심을 두지 않았다. 그 적당한 무심함이 마음에 들었다.

주문한 커피를 받은 후부터는 누구의 방해도 받지 않고 혼자서 즐길 수 있는 시간이었다. 바다를 응시하며 뜨거운 커피를 두어 모금 마셨다. 간간이 갈매기가 날아올랐다. 해변에서 날아올라 다른 쪽으로 가는 갈매기들은 거의 혼자 날아갔다. 가끔 저쪽 마을로 사라지는 갈매기도 있었고 다시 내려앉는 갈매기도 있었다. 그들이 날아가는 방향을 따라 시선이 움직였다. 바다 쪽으로 날아가는 갈매기 한 마리의 속도가 수상쩍었다. 속도가 느려진 느낌이었다. 날개를 펼치긴 했지만 연줄에 걸린 연처럼 좀처럼 앞으로 나아가지 못했다. 아마 앞에서 바람이 불어오기 때문일 것이다. 맞바람에 힘겨워하는 갈매기보다 더 먼 곳을 바라보니 바람이 강해져 있다는 것을 알수 있었다.

구름 사이에 보이던 파란 하늘은 자취를 감추었고 두껍고 어두운 구름이 짙어져 있었다. 바다와 하늘이 맞닿은 곳에 선명하던 수평선의 모양도 바뀌어 있었다. 넓은 붓으로 하늘을 그리고 또 바다를 그린 다음, 둘이 만나는 부분을 막 뭉개놓은 것 같은 수평선이 만들어져 있었다. 해변을 거닐던 사람들도 그사이 많이 사라졌다. 남아 있는 몇몇 사람들은 옷깃을 최대한 여미고 모자를 푹 눌러쓰고 발아래만 내려다보며 걷고 있었다. 추워 보이는 사람들로 인해 나까지 추위를 느끼며 따뜻한 커피를 연거푸 마셨다. 적당히 온도가 낮아진 커피는 뜨거울 때보다 더 나를 편하게 했다.

양손으로 커피잔을 감싸쥐고 한 모금씩 마실 때마다 입술에 닿는 커피의 느낌을 참 좋아한다. 그런 느낌을 느끼려면 커피를 적당히 식혀야 한다. 뜨겁지는 않고 따뜻한 느낌보다는 더 뜨거운 온도를 찾아야 한다. 또 온전히 커피만을 느낄 수 있는 환경이 조성되어야 한다. 책을 읽거나 일을 하거나 휴대폰을 보면서 마셔서는 안 된다. 자칫 그 온도를 놓칠 수 있기 때문이다. 그래서 커피를 마실 땐 커피에만 집중하는 버릇이 들었다. 오늘은 아주 적절히 그 온도를 찾은 날이었다. 바다가 보이는 창가에서 오직 바깥 풍경과 커피에만 집중할 수 있었기 때문이었다. 주문 받은 커피를 내어주고 할일을 마친 뒤에는 관심을 끊어주는 주인장 덕분에 더욱더 그러했다. 그사이 옆 테이블에 앉았던 사람도 나가고 카페는 온전히 나만을 위한 카페가 되었다. 주인장의 입장에서는 달갑지 않을지 모르지만 나에게는 호사스러운 시간이 아닐 수 없었다. 참으로 오랜만에 온 기회였다.

흐린 날씨와 음악과 주인장의 무관심 속에서 커피잔을 손에 든 후로 시간이 한참 지났다. 빈 잔을 들고서 한참 그대로 앉아 있었다. 깨어나기가 싫었다. 여전히 수평선은 뭉개져 있었고 구름은 두껍고 갈매기는 연처럼 날고 있었다. 거의 점심시간이 다 되어가고 있었다. 이제 일어날 때지 싶었지만 커피잔을 내려놓기가 아쉬웠다. 때마침 작은 문을 열고 사람들이 들어왔다. 누가 들어오든 무시하고 그 자세 그대로 한참을 더 앉아 있었다. 그렇게 석고로 빚은 조각상처럼 꼼짝 않고 앉아 있다가 정신을 차렸다. 멍때리기를 끝낼 때였다. 오늘 계획한 산책 코스인 해안가를 찾아가기 위해서 버스를 타야 했다. 버스를 검색하니 마침 십오 분쯤 뒤에 이 동네 정류장에 도착할 예정이었다.

이제 빈 커피잔을 주인장에게 건네주고 버스를 타러 가야 할 시간이 다가오고 있었다. 조금 떨어진 정류장까지 천천히 걸어도 시간은 충분했다. 이 시간을 끝내는 것이 아쉬워서 아주 천천히 빈 커피잔을 내려놓았다. 오늘 하루는 이 사색만으로도 충분히 만족할 만한 하루가 될 터였다. 그것을 알고 있었기 때문에 서두를 필요가 없었다. 맞바람을 맞은 갈매기가 날갯짓을 쉬어가듯 아무데서나 멈추어도 좋을 날이었다.

겨울일까,
봄일까

숲으로 둘러싸인 직장에서 오늘도 반나절이나 일했다. 바깥은 온통 숲이지만 내가 일하는 곳은 지하에 있었다. 어떨 땐 지하감옥 같기도 했지만 내 머리 위에 놀랄만치 싱그러운 숲이 있다는 사실만으로 큰 위안이 되는 곳이다. 반나절을 지하에 있다보면 점심시간이 절실히 기다려진다. 배가 고파서가 아니다. 서둘러 점심을 먹고 난 뒤 나서는 산책 시간 때문이다.

이곳 포천은 꽤 추운 지방이라서 아직도 눈이 많이 남았고 개울에 얼음도 두껍게 얼어 있었다. 그러나 얼음이 제아무리 두꺼운들 그 아래로 돌돌거리며 흘러가는 봄 개울물을 이기지는 못했다. 며칠 따스하더니 우수雨水를 앞두고 겨울이 시샘을 부려 날씨가 꽤 차가워졌다. 우수에는 대동강도 녹는다는데 그 강물이 녹다가 다시 얼어붙겠다며 늦추위를 두고 농을 했다.

점심시간 산책길은 특별한 이유가 없는 한 늘 가는 길이 있다. 매일매일 같은 시간 같은 방향으로 산책을 하지만 새로웠다. 어제는 스치고 지나간 것이 오늘은 내 눈길을 멈추게도 할 수 있다. 대동강물이 도로 얼 만큼 추운 날씨지만 까치박달*수꽃 눈은 부풀대로 부풀어 있었다. 날씨가 풀리면 망설임 없이 터질 기세였다. 개다래* 겨울눈은 머리카락이 보일까봐 아직도 껍질 속에 꼭꼭 숨어 있고, 살짝 드러난 민머리만 보일 듯 말 듯 했다. 허투루 보면 봄이 되어도 잎조차 나지 않을 것 같이 생겼다.

봄부터 겨울까지 늘 잎이 푸른 전나무*도 유심히 봐둔다. 사계절 푸른 잎을 달고 있기에 늘 그저 그런 것 같지만, 전나무도 봄이면 새잎이 나고 작년에 난 잎은 더 맑고 밝은 초록색이 된다. 겨울의 초록과 봄의 초록과는 엄연한 차이가 있다. 가냘픈 나뭇가지를 비롯해 굵은 줄기까지 눈에 보이는 나무들마다 다 정성스레 눈맞춤을 하면서 걸었다. 내일 또 걷게 될 길이지만 내일이면 오늘 본 것과는 또 미세한 차이가 있을 것이라는 것을 알고 있다. 물론 하루 만에 차이를 크게 느끼긴 힘들지도 모른다. 그러나 그런 하루하루가 모여 사나흘이 되면 다르다는 것을 조금은 느낄 수 있고, 일주일이 되면 "어? 지난주와는 완전 다르네?" 하면서 새삼스러워질 것이기 때문이다. 그걸 알기에 건성으로 보아 넘기기가 참 아까웠다.

쭉쭉 뻗은 전나무 길을 걸어서 작은 호수에 도착했다. 호수 위쪽에서 흘러드는 계곡물에는 이미 두꺼운 얼음은 찾아보기 힘들었다. 도저히 녹지 않을 것만 같던 얼음들은 이제 발로 구르면 부서질 만큼의 두께로 그저 하얗게 겹겹이 서로를 떠받치고 있을 뿐이었다.

함께 산책 나온 이들이 아이들처럼 그 얼음을 깨며 장난을 쳤다. 나도 동참했다. 물 가까이에서 얼음을 깨뜨리는 발소리와 "그러다 발 젖겠어요" 하고 어린아이를 염려하는 목소리와 그 소리에도 아랑곳하지 않고 계속해서 얼음을 깨뜨리는 소리와 그 얼음 아래로 봄이 흐르는 소리와 벌써 짝을 찾는지 유혹하는 듯한 새소리가 다 함께 어울려 참 아름다웠다. 더이상 얼어붙는 것을 포기한 호수의 얼음 위를 가로질러 건너고 싶어졌다. '아직은 나 정도야 충분히 떠받들어주겠지'라는 마음으로, 얼음이야 나를 반기든 말든 서둘러 호수에 발을 들이밀었다. 불과 얼마 전에 눈이 발목에 찰 만큼 내렸을 때에 호수에 큰 꽃을 그려두었는데, 이제 눈은 없고 발자국만이 얼음 위에 옅게 남아 있었다. 그 발자국 위를 다시 한번 걸어보았다.

어쩌면 이번 겨울에 이 호수를 가로질러 건너는 일은 마지막일지도 모를 일이라는 목소리가 등뒤에서 들렸다. 며칠 따

가끔은 숲속에 숨고 싶을 때가 있다

스했다고는 하지만 그래도 아직은 얼음이 아주 두껍게 얼어 있어서 우리를 즐겁게 했다. 쪼그리고 앉은 이의 손을 잡아 끌어 썰매를 태워주는 아이 같은 어른들과 함께하는 호수에서의 얼음지치기 놀이는, 기다려지는 봄만큼이나 마음을 설레게 했다. 겨울 호수를 뒤로한 채 찬바람 사이를 걸어오면서 생각했다. 지금 한 걸음 한 걸음 내딛는 동안, 저 얼음들은 눈에 보이지 않을 만큼 조금씩 아주 조금씩 녹고 있을 것이라고…… . 얼음이 녹는 그 속도와 함께 봄이 아장거리며 걸어올 것이다.

책에서 만난
식물들

각
시
현
호
색

036

갈
퀴
현
호
색

028

감
꽃

179

감
나
무

042

개
다
래
189

개
암
180

계
수
나
무
133

고
마
리
042

고
사
리
119

고
욤
181

고
추
나
무
055

곰
취
068

남산제비꽃　029

냉이　119

눈개승마(꽃)　070

눈개승마(붉은순)　070

눈측백나무　071

느티나무　124

다래　180

달래(산달래)　119

머루 180

머위 017

멍석딸기 180

물매화 005

물봉선 042

미역취 017

박쥐나물 068

배추꽃 163

백리향 161

뱀딸기 180

버드나무 103

복수초 055

복숭아꽃 040

분꽃나무 018

분비나무 071

붕어마름 139

비목나무 048

비목나무(겨울눈) 048

사스래나무 071

산괴불주머니 029

산벚나무 018

산자고 029

살구나무 040

상수리나무 024

생강나무
030

생강나무(어린잎)
030

서어나무
130

소나무
130

솜양지꽃
179

십자고사리
132

쑥부쟁이
140

아까시나무
110

애기나리 130

애기똥풀 055

양지꽃 094

억새 140

얼레지 036

연꽃 151

옥녀꽃대 024

올괴불나무 041

으름
180

으름덩굴
055

은대난초
024

은행나무
109

이삭물수세미
139

이스라지
027

인가목
037

인동
179

잔대 017

전나무 189

조선현호색 130

조팝나무 036

졸참나무 024

좀꿩의다리 025

주목 067

진달래 095

찔레
037

참새귀리
180

참취
017

초피나무(수꽃)
041

초피나무(암꽃)
041

탱자나무
119

할미꽃
094

해당화
037

향유

130

현호색

028

화살나무

048

회화나무

103

가끔은 숲속에 숨고 싶을 때가 있다

| 초판 인쇄 | 2021년 7월 14일 |
| 초판 발행 | 2021년 7월 21일 |

| 지은이 | 김영희 |
| 그림 | 한요 |

책임편집	이희숙
편집	박선주 이희연
디자인	김선미
제작	강신은 김동욱 임현식
마케팅	백윤진 채진아 유희수
홍보	김희숙 함유지 김현지 이소정 이미희 박지원

펴낸이	이병률
펴낸곳	달 출판사
출판등록	2009년 5월 26일 제406-2009-000034호

주소	10881 경기도 파주시 회동길 455-3
✉	dal@munhak.com
🐦 f 📷	dalpublishers

| 전화번호 | 031-8071-8682(편집) 031-8071-8671(마케팅) |
| 팩스 | 031-8071-8672 |

| ISBN | 979-11-5816-137-8 03810 |

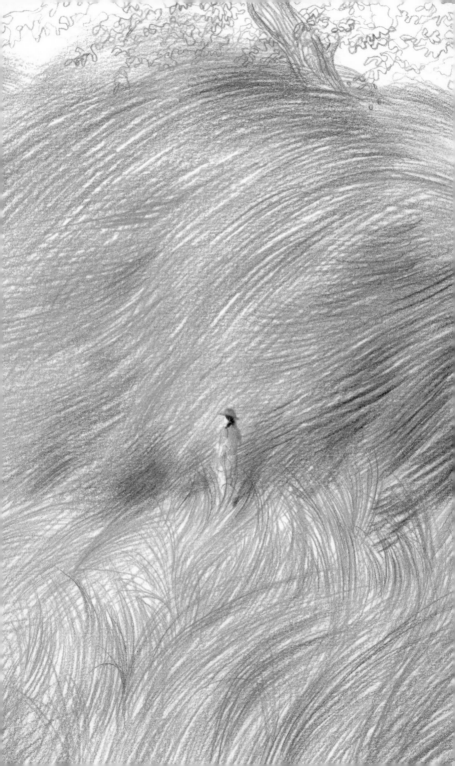

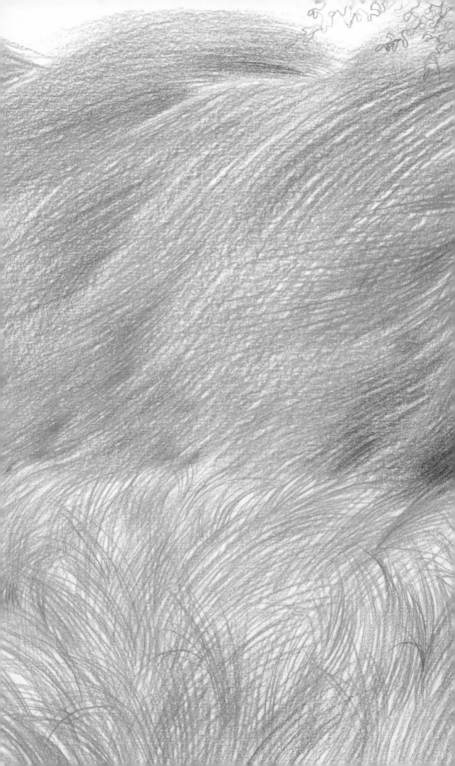